愛欲連鎖

Airi Mamiya
真宮藍璃

CHARADE BUNKO

Illustration

小路龍流

CONTENTS

衆議院議員会館五階、『勅使河原秀介《てしがわらしゅうすけ》事務所』の大きな南向きの窓に、明るい朝日が射《さ》し込んでいる。

吉田千尋《よしだちひろ》はいつものように誰よりも早く事務所に入り、ボスである代議士、勅使河原秀介の整然と片づけられたデスクを水拭《みずぶ》きしていた。

ここがすんだら応接室のテーブル、それから四人いる秘書のデスクを順に拭《ふ》き、床を箒《ほうき》で掃いて、いただきものの胡蝶蘭《こちょうらん》の鉢植《はちう》えに水をやる。

千尋の朝は、いつもそうして始まる。

(僕はまだまだ新米なんだから、できることからしていかないと)

千尋は身長一六八センチと小柄で、色白で線が細く、顔立ちもベビーフェイスで色素の薄い髪をしている。もう二十六歳なのに、時折学生のように見られてしまいがちな甘めの容姿だが、幼馴染《おさななじみ》である一つ年上の秀介の、私設秘書を務めている。

半年ほど前、秀介の父である衆議院議員、勅使河原靖男《やすお》が急逝《きゅうせい》し、都内の大手渉外事務所でパートナー弁護士をしていた秀介が補欠選挙に出馬した。みごと当選し、父議員の地盤を引き継いで衆議院議員となった秀介にこわれ、千尋は急遽《きゅうきょ》勤め先をやめて秘書になったのだ。

政治に関してはズブの素人《しろうと》なので、後援会員との交流や地元での政治活動の補佐、それに秀介の身の回りの世話をしている程度だが、千尋は自分なりに懸命に頑張っている。

秀介は今の自分にとって誰よりも大切で、特別な存在だから――――。

「おはよう、千尋。朝から精が出るな」

掃き掃除まで終わり、任されていた書類の整理をしようとキャビネットの扉を開けたところで、よく通るテノールが耳に届いた。

振り返るとドアのところに秀介が立って、笑みを浮かべてこちらを見ている。

形のいい眉《まゆ》と、少し垂れ気味の切れ長な目。通った鼻筋が知性を感じさせる秀麗な顔立ちと、撫《な》でつけた黒髪が落ちついた清涼感を醸し出す、エレガントな容貌《ようぼう》。シックなダークスーツを申し分なく着こなす長身の体軀《たいく》。

秀介はすでに国会議員としての貫禄《かんろく》を十二分に漂わせている。

千尋は明るい声で挨拶《あいさつ》を返した。

「おはようございます、先生！　今朝《けさ》はお早いですね？」

「今夜はパーティーで潰《つぶ》れるから、朝の内に週末の勉強会の資料に目を通しておこうと思ってな。昨日、仕上がっていると言っていただろう？」

「はい、用意できています。今すぐデスクまでお持ちします！」

「いや、すぐでなくていい。コーヒーくらいは飲みたいからな」

「では、淹《い》れてきますね」

秀介が朝一番に飲むコーヒーは、ハワイアンコナコーヒー。ブラックの濃いめが好みで、甘さ控えめのビスケットを添える。

そう頭の中で考えながら給湯室へと向かうと、先ほど入れておいた電気式ポットの水は、もう熱湯になっていた。秀介のカップとドリッパーを用意し、戸棚からフィルターとコーヒーを取り出していると。

「……っあ……！」

不意に秀介に背後から抱き締められ、千尋の口から小さく声が洩《も》れる。

千尋の耳に口唇を寄せて、秀介が言う。

「二人きりのときに先生呼びはやめろと言ったはずだぞ、千尋」

「あの、で、でも」

「他人行儀も必要ない。私たちは、恋人同士だろう？」

「秀介、さん……」

甘く撫でるような声で言われ、チュッと耳朶《じだ》にキスをされて、かあっと頰《ほお》が熱くなる。

千尋の体をくるりと反転させて、秀介が囁《ささや》く。

「今日もとても可愛《かわい》いぞ、千尋。本当に、可愛い」

「んん、ん……」

体を抱かれてキスをされ、くぐもった吐息がこぼれる。

こんなところでキスなどしていて、誰かに見られたら大変なことになってしまう――。

そう思いながらも、優しく蕩《とろ》けるような口づけに、千尋は抗《あらが》うことができない。

幼馴染で、仕事上のボスで、恋人でもある秀介。

そのキスはいつでも千尋を包み込むような愛情に満ちている。

そしてそれは、幼い頃からずっと千尋に向けられていたものだと、つきあっている今ならよくわかる。愛される喜びを存分に感じる瞬間だ。

けれど昔のことを思い出すとき、千尋の脳裏にはもう一人の男の存在が浮かんでくる。

――勅使河原、亮介《りょうすけ》。

秀介の二つ年下の弟で、高校生だったある日、突然勅使河原の家を出てアメリカへと留学、それきり音信不通になってしまった男だ。

あれから十年近くが経《た》つが、彼は今、どこで何をしているのだろう。もしかしたら、もう二度と二人の前には帰ってこないのだろうか。

恋人のキスにうっとりと酔いながらも、千尋はほんの少しだけ、そんなことを考えてしまうのだった。

千尋が秀介と亮介の兄弟に初めて出会ったのは、小学校低学年の頃だった。

千尋の父が病気で亡くなり、母が勅使河原の屋敷で家政婦として働き始めたのが縁で、千尋は二人と親しくなったのだ。

『へへーん！　俺の勝ちだぜ！　見たかよ兄貴！』

『……待て、亮介。おまえは近道をした。今の勝負はなしだ』

『はっ！　そんなルール知るかよっ。公園通って先にゴールしたほうが勝ちだって言っただけだろ？　潔く負けを認めろよ、秀介』

『いや、絶対に認めない。おまえは不正を犯した。それは許されないことだ』

利発で大人びた印象の兄と、やんちゃだが明るく元気で人懐っこい弟。初めて一緒に遊んだときのことを、千尋は今でも思い出せる。

戦前から多くの政治家を輩出してきた名家である、勅使河原家。

東京の渋谷《しぶや》にあるその屋敷の傍《そば》には、大きな公園があった。その公園の反対側からスタートし、中を走り抜けて先に屋敷の門をくぐった子が勝ち、という子供らしい競争に、千尋も参加することになったのだ。

兄弟は驚くほど真剣な面持ちでレースに挑み、ほんの少し近道をした亮介が一番にゴールした。千尋は走るのが遅く、最後に門までたどり着いたのだが、二人は決着についてまったく譲らず、日が暮れるまでお互いに自分の主張をぶつけ合っていた。

そしてその後、千尋は二人が遊びや学業その他生活のあらゆる局面で常に競い合い、対抗意識を燃やしていることを知ったのだった。

恐らくそれは、年の近い兄弟ならではの強烈な対抗心だったのだろう。一人っ子の自分には感じたことのないもので、最初は少しだけ戸惑ったが、やがて千尋は二人と過ごす時間をとても楽しく感じるようになった。

千尋は元々少々内向的なところがあって、誰とでも親しくなれるようなタイプではなかったのだが、二人とも千尋にはとても優しかったし、千尋の前では肩肘《かたひじ》を張ったりもせず、素直で前向きな姿を見せてくれたからだ。

『俺は将来、この国を動かす人間になる。辛《つら》く苦しいこともあるだろうが、千尋とはどんなときでも近くにいて、信頼し合える関係でいたいと思っている』

『千尋がいてくれると、俺、なんでか凄《すげ》え落ちつくんだ。ちょっと無茶しちまっても、千尋が笑ってくれるなら大丈夫。そんな気がすんの、なんでだろうな?』

中高時代、千尋は二人にそんなふうに言われた。

二人のライバル意識の強さは相変わらずだったが、千尋としては二人のどちらとも同じくらい打ち解け、親密に友情を育《はぐく》んでいたつもりだし、どちらの言葉も嬉《うれ》しかった。三人の関係はずっとこのまま続いていくのだろうと、千尋はなんとなくそう思っていたのだ。

だから亮介が突然アメリカへの留学を決め、もう日本へ戻ってくることもないかもしれない、と言い出したときには心底驚いた。亮介のいなくなった勅使河原の屋敷の中庭で、突然秀介に愛を告げられたことにも――。

（もっともあのときには、返事をすることもできなかったんだけど）

三人で過ごした時間の終わりと、予期せぬ秀介からの告白。

急な状況の変化に戸惑う千尋に追い打ちをかけるように、それからほどなくして、千尋の母が不慮の事故で亡くなった。千尋は遠くの親戚《しんせき》に引き取られることになり、結局告白の返事もうやむやのまま、亮介ばかりでなく秀介とも離ればなれになってしまったのだ。

けれど秀介は、その後もずっと気にかけてくれていて、千尋がアルバイトをしながら苦学して地方の大学に通っている間も、卒業後一般企業で働いていた間も、折に触れ連絡をよこしてくれていた。そして半年前、父議員の後を継いですぐに千尋を秘書にと誘ってくれ、変わらぬ愛情も告げてくれた。千尋は彼の優しさにほだされるように気持ちを受け入れ、二人は恋人同士になったのだった。

秀介とは、そういう意味では昔よりもずっと深く強い絆《きずな》で結ばれている。その関係に満足していればそれでいいではないかと、そう思わなくもないけれど。

（でもやっぱり、僕は亮介のことも気になるんだ）

秀介と亮介、そして自分。

三人で過ごす時間には三人なりの心地《ここち》よさがあり、それは今の秀介との満ち足りた関係ともまた違う愉《たの》しさが感じられる、得難い時間だった。千尋は今、秀介と恋人同士ではあるけれど、少なくとも十年前は亮介との間にきちんとした友情を築いていたのだから、今再会したとしてもきっといい関係でいられるはずだとも思うのだ。

それに何より、二人は兄弟だ。子供の頃に母親が他界している上に父親も亡くしている。お互いがほとんど唯一の身内である兄弟なのだから、助け合って生きていけるなら、そのほうがいいに決まっている。

もしも亮介が日本に帰ってきているのなら、秀介と千尋の前にひと目でいいから顔を出して欲しい。秀介には話したことがなかったが、千尋は内心、そんなふうに思っているのだった。

「勅使河原先生、先日は大変お世話になりました。先生にお話を通していただいたおかげで、スムーズにことが運びました」

「いえ、私は何も。皆様の生活にかかわることですから、行政にひと言申したまでです。お役に立ててよかった」

「先生！　お久しぶりです！　私を覚えておいでですか？」

「ええ、もちろん。その節はありがとうございました」

都心の高級ホテルの、広いバンケットルーム。

財界のパーティーに出席し、ひっきりなしに声をかけてくるゲストたちと歓談する秀介を、千尋はほんの少し離れて見守っていた。今秀介の傍についているのは、政策秘書の栗田《くりた》だ。父議員の時代から支えてくれている栗田は、五十代半ばのベテラン秘書で、過去の議員活動でかかわりのあった人物や事柄を細かく記憶しており、さりげなく秀介をサポートしている。私設秘書になったばかりの千尋には、とても真似《まね》のできない素晴らしい仕事ぶりだ。

いつかは自分も栗田のように、秀介を支えられる立派な秘書になりたい。

そう思いながら、秀介を見ていると。

「へえ、あんた本当に兄貴の秘書をやってるのか。パッと見あんまり印象が変わらねえから、幻でも見てるのかと思ったぜ」

「……っ？」

聞き覚えのある砕けた口調に驚いて、さっと声のしたほうに視線を向ける。

するとそこには、長身で肩幅の広いスーツ姿の男が立っていた。真っ白い歯を見せて明るく笑って、懐かしそうな声で言う。

「久しぶり、千尋。元気そうだな」

「亮、介？」

「んだよ、幽霊でも見たようなツラして。一応本物だぜ？　あの頃より二十センチばかり背は伸びてるけどな」

そう言って人懐っこい目をして笑う姿に、目を見開く。目の前に亮介がいることが信じられなくて、千尋はふらふらと近寄って確かめるように顔を見上げた。

確かに千尋の記憶よりもずっと背が高いが、日焼けした野性的な風貌《ふうぼう》には昔の面影がたっぷりと残っている。襟足を短く刈り込んだ髪も、やんちゃな性格を表すような少し吊《つ》り気味の眉《まゆ》と目も、昔のままだ。

再会の喜びに声を震わせながら、千尋は言った。

「本当に、亮介だ！　今まで一体どこにいたの？　どうしていきなり、ここにっ？」

「はは。話せば長い話になるけど、一応ビジネスだよ。俺今、コンサル業をやっててさ」

亮介が言って、懐から名刺を出してよこす。

どうやら、経営コンサルティング会社のようだ。英文が併記された名刺にはアメリカニューヨークの住所と電話番号、それに東京ブランチと書かれた都内の連絡先が記されていた。

「アメリカに留学して大学まで行って、在学中に仲間と会社を立ち上げたんだ。そのままそこのトップに就いて、今年で五年になる」

「トップって……、じゃあ亮介、社長ってこと？」

「まあな。日本の顧客も増えてきたから、東京にも事務所を置くことになったんだ。ちゃんと帰国したのは、高校やめて渡米したとき以来かな」

「そうだったんだ……！」

勅使河原の家を出ていった頃を懐かしむようにそう言う亮介は、自信に満ちた顔つきをしている。若くして確かな社会的成功を手にしている者特有の、力強い覇気。目の前の亮介からそんなものを感じて、何やら圧倒されてしまう。

逞《たくま》しく成長して帰ってきた弟と向き合っているような気がして、少々誇らしい気持ちになっていると、亮介が話を続けた。

「親父《おやじ》の頃から後援会の会長やってくれてる、四菱《よつびし》工業社長の福山《ふくやま》さんているだろ？ 実はあの人も、俺の顧客の一人なんだ。それで、このパーティーに兄貴が出席するって教えてくれたから――」

「……亮介。貴様、こんなところで何をしている」

鋭い声に、ドキリとして振り返った。

いつの間にか秀介が千尋の背後に立っていて、千尋の肩越しに亮介を睨《にら》みつけている。

亮介がニコリと微笑《ほほえ》んで言う。

「よう、久しぶりだな兄貴。補欠選挙当選おめでとう。これであんたも、名実共に親父の後継者に……」

「軽口はよせ。そんなことを言いに来たわけではないのだろう？」

ピシャリとそう言って、秀介が亮介を黙らせたから、千尋は緊張感を覚えた。

秀介の形のいい額には、微《かす》かに青筋が立っている。強い憤りを無理やり抑えたような低い声で、秀介がさらに言う。

「よくその顔を私の前に曝《さら》せたものだな、亮介。親父が死ねば、私が温かく迎えるとでも思ったか？」

「……おー怖。ったく、兄貴も少しも変わってねえんだな。そんなに青筋立ててっと、ストレスで神経やられちまうぜ？」

「茶化すな。今さら一体なんのつもりだ。なぜ貴様がここにいる」

胸を突き刺すような秀介の声。その目は瞬《まばた》きもせずに亮介を見据えている。

子供の頃と少しも変わらぬ、弟である亮介に向けられる威圧感のあるまなざしに、ゾクリとする。今はそればかりでなく、勅使河原家の家長としてのプライドや自負までもが垣間見《かいまみ》える。強い意気に、こちらまで身震いしてしまいそうだ。

さすがにまぜっかえすこともできないと思ったのか、亮介が秀介を真《ま》っ直《す》ぐに見返す。

緊迫した沈黙が、二人の間に落ちる。

（……あ……）

秀介を見返す亮介の目の奥に、先ほどはなかった激しい感情の色が見えたので、千尋はハッとした。秀介にだけは負けたくない、自分が優位に立って秀介を打ち負かしたい、高らかに勝利を宣言して、敗北を認めさせたい――――。

子供の頃から亮介がいつも見せていた、秀介に対するそんな攻撃的な感情が、すっかり成長した今の亮介からもひしひしと伝わってくる。決して手を出して殴るようなことはないけれど、むしろそれよりももっと重く、強い感情の刃《やいば》で切りつけ合うような沈黙が、その場の空気を凍らせていく。こうなると、二人は絶対に譲り合わない。

(でも、これはよくないよね)

緊迫感に驚いたのか、秀介の傍で栗田が声をかけあぐねたような顔で固まっている。

ここは自分がなんとかしなければ。千尋はさっと二人の間に入って、笑みを見せて言った。

「まったく、二人とも変わらないな。でも再会の挨拶はそこまでにしませんか?」

「千尋……」

「もう子供じゃないんだから、兄弟で張り合うのもほどほどにしないと。亮介だって、仕事で来たって言ってたじゃない。喧嘩《けんか》を売りに来たわけじゃないんでしょう?」

そう水を向けると、硬い表情をしていた亮介がこちらに視線を向け、スッと双眸《そうぼう》を緩めた。

そして困ったような顔をして、ため息をつく。

「……あんた、ホントに変わってねえみたいだな。相変わらずで安心したぜ」

そう言って亮介が、秀介に向き直る。

「けど、千尋の言う通りだな。雰囲気悪くしちまって悪かったよ、兄貴」

(……えっ、謝った?)

最終的にどうなっても、決して謝ったりしないのが昔の二人だった。だから千尋は、今も表向き軽く仲裁しようと思っただけだ。

なのに亮介がいきなり謝罪したから、驚いて絶句してしまう。秀介も戸惑ったのか、怪訝《けげん》そうな顔で亮介を見返す。薄い笑みを浮かべて、亮介が切り出す。

「日本に帰ってきたのは、仕事の都合だ。でも実を言うとそれだけってわけでもねえ。兄貴のために、俺にもできることがあるならしようと思ってな」

「……何？」

亮介の言葉に、秀介が訝《いぶか》るように訊《き》き返す。亮介がさらに言葉を続ける。

「四菱工業の福山社長に、親父が死んだあと後援会が衰退気味だって教えてもらったんだ。親父の死に目にも会えなかった親不孝な息子だけど、せめて兄貴の政治活動には協力したい。俺はそう思ったんだよ」

「協力だと？　おまえがか」

「ああ。後援会の取りまとめ役をしてくれるならバックアップはするって、福山さんがそう言ってくれたからな。俺の人脈ももちろん使わせてもらう。悪くない話だろ？」

（……亮介、そんなことを考えて……？）

ずっと、亮介はどうしているのだろうと気になっていた。家族を捨てて二度と戻らないなんて、そんな不義理なこともないだろうと哀《かな》しく思ったこともある。

それがまさか、こんなに立派に成長して帰ってくるなんて。

嬉しさに知らず顔を綻《ほころ》ばせながら、千尋は言った。

「秀介さん、よかったですね」

「……、何がだ、千尋？」

「だって、亮介が帰ってきてくれたんですよ？　家族なんだし、助け合えるならそれが一番じゃないですか。ね、亮介？」

千尋がそう言うと、亮介がこちらに笑みをよこして言った。

「千尋、秘書やってんなら俺にいろいろ教えてくれよ。俺、早く兄貴の役に立ちてえんだよ。これからは俺も、勅使河原家の人間として……」

「おまえに役に立ってもらう必要はない。消えろ」

亮介の言葉を遮るように、秀介が低くそう言ったから、えっと声が出てしまった。

千尋をチラリと一瞥《いちべつ》して、秀介が告げる。

「千尋。今夜はこのあと佐藤《さとう》幹事長に呼ばれている。秘書の水野《みずの》さんが車を手配してくれているから、おまえも来い。いいな」

まともに話もせずに踵《きびす》を返し、秀介が栗田と共にその場を去っていく。

亮介が慌てて声をかける。

「……兄貴、おいちょっと！　待ってくれよ！」

呼び止めるけれど、取りつく島もない。一瞬呆気《あっけ》に取られたせいでその場に残された千尋は、言葉もなかった。

(消えろ、だなんて)

いつも優しい秀介が、そんな冷たい言葉で亮介の気持ちを拒絶するなんて思わなかった。張り合ってはいても、人としての敬意はきちんと抱《いだ》き合っていると思っていたのに――。

思わずシュンとしてしまっていると、亮介が肩をすくめて言った。

「……やれやれ、まったく。兄貴も頑《かたく》なな男だぜ。ま、口先だけじゃ信用できねえってのはわかるけどな」

「亮介……」

「平気だよ、千尋。ちょっと突っぱねられたくらいで凹《へこ》んだりはしねえ。俺が本気だってとこ、見せてやりゃいいんだろ?」

そう言って亮介が、スーツの胸ポケットからペンを取り出す。

「なあ、帰る前にさっきの名刺、いいか? 俺個人の携帯とメール、あんたに教えときたい」

「ああ、うん。じゃあ、僕の名刺も渡しておくね」

自分の名刺と共に、もらったままだった名刺を渡すと、亮介がそこにさらさらとメモ書きをした。それをこちらによこして、亮介が言う。

「今度、都合のいいときに二人で会おうぜ。兄貴の議員活動の話も聞きてえし、積もる話もあるし……。連絡、待ってるから」

「わかった。必ず連絡するよ。それじゃ、今日はこれで」

「おう。またな」

そう言って、亮介がまた人懐っこい笑みを見せる。その笑みになんとはなしに心躍るものを感じながら、千尋は秀介が去っていったほうへと歩いていった。


「あら、いらっしゃい吉田さん。亮介さん、もういらしてますわよ？　こちらへどうぞ」

煌《きら》びやかなドレスのホステスに迎えられ、黒服に案内されて、ＶＩＰルームへと連れていかれる。

この店で亮介と会うのは三回目になるだろうか――。

亮介と再会を果たした夜、千尋は秀介のお供で党の重鎮である佐藤幹事長主催の会合に出席し、家に帰宅したときには夜中の一時を回っていた。

秀介には、タクシーですぐの勅使河原の屋敷に泊まってもいいと言われたのだが、持ち帰っていたやり残しの仕事があったため、自宅まで帰ることにしたのだ。

それでも、とにかく亮介には早く連絡をしておこうと、夜遅くにメールをしたところ、亮介はすぐに返信をしてきた。そしてその場で、一週間後に亮介の会社の近くにある六本木《ろっぽんぎ》のクラブで、二人で会おうと決まったのだった。

それからはこの店で亮介と会うようになった。

ここはいわゆるキャバクラだが、正直何度来ても慣れない。でも、「絶対に秀介と鉢合《はちあ》わせしない場所」というのは、確かにその通りだと思う。

花や香水の香りに軽くむせながらＶＩＰルームに入っていくと、Ｕ字型の黒革のソファの最奥に、少し派手めなスーツを着てシャンパンを飲む亮介がいた。

「千尋、遅《おせ》えよ。もう飲んじまってるぞー」

「ごめん亮介。予定が押してしまって」

「そんなことだろうと思ったぜ。今日は秀介は？」

「党の政策セミナー兼親睦会《しんぼくかい》。栗田さんと行ってる」

このところの秀介は、会合や勉強会などに出席する機会が多く、かなり多忙だ。

父議員の急逝で急遽代議士となった秀介だが、党の一大派閥である佐藤派の会長で、現在は幹事長の職に就いている佐藤にとても気に入られていて、早くも政治家として上に登っていくチャンスをつかんでいる段階といえる。千尋も秘書として秀介を支えてはいるが、一年目の新米ゆえに栗田や他の秘書たちとは別行動となることも多いのだ。

もちろんだからこそ、こうして亮介と会う時間も取れるのであるが。

千尋が亮介と並んでソファに座ると、亮介が人払いをして切り出した。

「早速だけど、千尋。例の水野って男のこと、調べてきたぜ」

「え、もうっ？　随分《ずいぶん》早いね、亮介」

「まあコンサルなんてやってると、いろんな情報が入ってくるからな」

亮介が言って、傍らに置いていた大きな封筒から紙の束を取り出す。

一枚目に貼《は》られていたのは、佐藤幹事長の秘書を務めている水野の顔写真だ。

年齢は四十代半ば、眼鏡《めがね》をかけた神経質そうな表情は、どこか冷たい印象だ。顔色があまりよくないのは、暗めの写真だからだろうか。

最近秀介は、よく水野と会っている。目をかけてくれているとはいえ、秀介にはまだ佐藤と直接やり取りするほどの政治的な力があるわけではないので、いきおいそういうことになるのだろうが、水野と会ったあとの秀介の表情がどことなく疲れていることに、あるとき千尋は気づいた。

千尋も一度だけ話したことがあり、そのときはとても慇懃《いんぎん》で丁寧な受け答えをされたのだが、こちらを深く見透かされているようで少し怖い印象を持った。

党内の他の議員秘書たちの間でも、彼は「食えない男」だと話題に上っていたこともあり、水野がどんな人物なのかきちんと知りたいと思っていたところ、たまたま亮介に会ったときに佐藤と水野の話が出て、亮介が調べてやると言ってくれたのだ。

とはいえこうして本格的な調査結果がまとまってくると、こそこそと調べたりするのはいいことではないような気もしてくる。ためらいがちにパラパラと紙束をめくっている千尋に、亮介がため息をついてぼやく。

「見たらわかると思うけど、こいつ結構ガードが堅いほうだな。普段の行動と交友関係を探ってみたけど、クソがつくくらい真面目《まじめ》っつうか、とにかくお堅いっつうか。官僚出身だから、いろいろそつがないのかもしれねえけど」

「なるほど、そんな感じの人に見えるね」

「けど、党幹事長の辣腕《らつわん》秘書ってからには、叩《たた》いたら何かしら埃《ほこり》が出てきそうだけどな。あの秀介が当てられてるくらいだ。もしかしたら相当な食わせ者かもしれねえぜ？」

水野は元財務官僚で、退職して佐藤の秘書になったのは十数年前のことだ。以来佐藤の右腕として、常に党内での熾烈《しれつ》な権力争いの渦中にある彼を支えてきた。議員秘書としての実績と自信とが、物腰や言葉に滲《にじ》み出ているという感じだろうか。

「どうする、千尋。もっと調べてみるか？」

「ああいや、大丈夫。秀介さんに直接何か言われたわけじゃないし、身辺調査みたいになると、ちょっと行きすぎな気もするし」

「……そうか？」

「うん。調べてくれてありがとう、亮介」

「別に。あんたの役に立てたならそれでいいさ」

亮介が言って、シャンパンをひと口飲む。

「ところで、最近兄貴は随分忙しそうだけど、プライベートはどうなんだ。相変わらず女っ気もねえのか?」

「……えっ、と」

いきなりそんな話題を持ち出されたので、一瞬驚いてしまった。

亮介が渡米してから今までの話は、前に会ったときにしているが、自分が秀介とつきあっていることは、なんだかまだ話してはいけないような気がするから黙っている。

千尋はあいまいに答えた。

「そう、だな。特につきあってる女性はいないみたいだけど」

「ふーん。どっかの商売女に入れ上げてるとかってことも?」

「ないに決まってるじゃないか。そういう人じゃないこと、よく知ってるだろ?」

「そりゃまあそうだが。けど兄貴の奴、昔からモテてたし、今だって周りがほっとかないような見てくれじゃねえか。変な虫でもついてスキャンダルにでもなったら問題だろ? 女とはもちろんだけど……、男とも、さ」

「おと、こ……?」

亮介の言葉にドキリとさせられる。幼い頃から近くにいたけれど、正直千尋は、告白されるまで秀介が男性を恋愛の対象とする性指向を持っていることに気づいていなかった。

なのに亮介は、秀介の性向を見抜いていたのだろうか。千尋は慌てて言った。

「男とか、そんなまさか！　秀介さんはスキャンダルを招くような交際はしない人だよっ。もちろん女性とだってね！」

「うちの子に限ってって言ってる母親みてえだけど？」

「本当だって！　本気で想《おも》っている人とじゃなきゃ、あの人はつきあったりしない……。そういう、人だから」

『ずっとおまえだけを想ってきた。おまえを愛している』

亮介が出ていってしばらく経ったある日。

大切な話があると言って、千尋を勅使河原の屋敷の中庭に呼び出し、真っ直ぐにこちらの目を見てそう告げた秀介の姿を、千尋は今でもありありと思い出せる。

それを言ったらどう思われるだろうとか、男同士なのにと拒絶されるかもしれないとか、そんなことは一切考えていないかのような、シンプルできっぱりとした告白だった。

つきあって欲しいと言われて答えられずにいたら、どんな答えでも受けとめる、だから焦らず答えを出して欲しい、と言ってくれた。そしてその言葉の通り、離れていた間も気遣ってくれ、優しい言葉をかけてくれていた。

半年前、変わらぬ想いを告げてくれたときには、千尋の心はもう決まっていた。自分自身の性指向は至ってノーマルだと思っていたけれど、秀介の深い愛情の前では、そんなカテゴライズなど意味をなさなかったのだ。

真摯《しんし》で誠実な秀介の想いを、千尋はただ受けとめて、結ばれたいと願って――――。

「……そういう人、か。なるほど、俺が間違ってた。あんた母親じゃなくてむしろ嫁だな」

「えっ？」

「糟糠《そうこう》の妻ってほうが近そうだ。もしかして、兄弟の俺よりあいつを理解してるんじゃねえの。あんた、どんだけ兄貴とべったりなんだよ？」

「……！」

まさかつきあっていることがバレていたりはしないだろうが、どことなく揶揄《やゆ》するような口調でそんなふうに言われたから、焦ってしまう。

動揺を見せないように努めながら、千尋は言った。

「べったりなんて、そんなこと……。確かに代議士と秘書は、ある意味パートナーみたいなものだけど、あくまで仕事の上だし」

言い訳するような言葉を並べてみるものの、そうやって何か言えば言うほど、自分が秀介とつきあっているという事実が洩れ出していくような気がして落ちつかない。

千尋は亮介に話をふるように言った。

「そ、そういう亮介こそ、どうなの？」

「ん？　俺？」

「亮介だって、昔は結構モテていたじゃないか。恋人とか、いないのか？」

　一見、やんちゃで野性的な雰囲気を醸し出しているが、亮介がときどき見せる人懐っこい笑顔は、妙に人を惹《ひ》きつける。彼の周りには、いつも誰かしら彼に想いを寄せている女性がいた。優等生タイプで他人を寄せつけない空気を漂わせていた秀介と違い、亮介は遊び友だちも多い印象だったし、陰でかなり女の子を泣かせてる、なんて話も聞いたことがある。

　亮介が口の端に笑みを見せて答える。

「別に今は、決まった相手はいねえな。まあ遊び相手ならいるぜ。星の数ほどな」

「……予想を裏切らない答えをするなあ、亮介は」

　少々呆《あき》れて、ため息をついてしまう。千尋は諭《さと》すように続けた。

「昔から亮介は、なんていうか、来るものは拒まずみたいな感じだったよね。でももう大人なんだから、ちゃんとしなきゃ駄目だよ？」

「なんだあ、それ。俺ちゃんとしてるぜ？　女孕《はら》ませてデキ婚とか、そういうドジだけは踏みたくねえからな」

「そういうことじゃなくて」

　野卑《やひ》な物言いに脱力しながら、千尋は言った。

「星の数とか言ってないで、誰か真剣に愛せる人ときちんとした交際をしなよ。そうやって悪ぶってたって、亮介は本当はいい子なんだからさ」

昔を思い出しながらそんな言葉を口にすると、亮介は一瞬キョトンとした顔をした。

それから何やら意味ありげな目をして、こちらをじっと見つめてきた。

「あんた、ホントに変わんねえな。一つしか年違わねえのに、もっとずっと年上みたいなことを言う。二十歳すぎのオトナつかまえていい子、かよ」

亮介が言って、クッと笑う。

「けど、遊びは所詮《しょせん》遊びだろ。俺は男もイケるから、単に間口が広いだけだ。いつまでもガキ扱いするなよ」

「……え、男、って……」

亮介にそういう指向があるなんて知らなかった。もしかして、先ほど秀介についてああ言ったのは、自分がそうだからなのだろうか。含みのある声で、亮介が告げる。

「ああ、そうさ。俺は男も愛せる。年上の男なんか結構好みだぜ?」

「年、上?」

「そう。パクッと食っちまいたくなる」

そう言って亮介が、いきなりこちらにぐっと身を寄せてきたから、息をのんだ。

間近でこちらを見つめる、いくらか吊り気味で男らしさを感じさせる亮介の目。

その奥底に何やら昏《くら》い輝きが見えて、ヒヤリとしてしまう。

「亮介……。その、知らなかったよ。亮介が、そうなんだってこと……」

「だろうな。俺も今、初めて話した」

「まあでも、今どき珍しいことじゃ、ないよね」

こちらに身を寄せてくる亮介から妙な圧迫感を感じたので、そう言いながら逃れるように後ずさる。

けれど亮介は、千尋の逃げ場を塞《ふさ》ぐようにソファの背に手を突いてきた。

おずおずとその顔を見返すと、亮介がニヤリと笑みを浮かべて訊いてきた。

「なあ千尋。あんたはどうなんだ」

「え」

「今つきあってる奴、いるのかよ？」

「……！」

いると答えるのもいないと答えるのも、なんだかどちらもまずいことになるような気がして、一瞬言葉が出なかった。亮介がスッと目を細めて、さらに訊いてくる。

「真剣に愛せる人とやらが、あんたにはいるのか？　そいつのためならなんでもできる、どんなことにだって耐えられるって、そう思えるような奴がさ？」

「亮、介」

亮介の声音に、何やらざらりとした凄《すご》みがあったから、背筋がゾクッと震えた。

まるでこちらを脅かそうとでもしているかのような、威圧感のある表情。そんな顔の亮介を見たことがなくて、微かな戸惑いを覚える。

なぜ亮介はそんなことを訊くのだろう。

「……亮介……、どうして、そんな……？」

訊《たず》ねようとしたそのとき、スーツジャケットの胸ポケットに入れておいた千尋の携帯電話が、ブル、ブル、と振動し始めた。

ためらいながらも亮介から目を逸《そ》らし、胸元から携帯を取り出すと、秀介からの電話だった。

「悪い、亮介。秀介さんから電話だ」

「……は、千里眼かよあいつ」

「え？」

「なんでもねえ。出ろよ」

そう言って亮介が、ひらひらと両手を上げて体を離す。

その顔も声も、もう普段の亮介だ。ソファにもたれるように座り直して、飲みかけだったシャンパンをまた口にする。

一体今のは、なんだったのだろう――――。

少々引っかかるものを感じながらも、千尋は秀介からの電話に出ていた。

「こんばんは、千尋です」

それから一時間ほどあとのこと。

勅使河原の屋敷のエントランスに足を踏み入れながら、千尋は遠慮がちに声をかけた。

イギリス風建築の洋館と、茶室のある日本家屋の離れ、そして広大な庭園とで構成させた邸宅には、都内の一等地とは思えないほどの静寂が落ちている。

秀介から電話をもらったあと、ほどなく亮介と別れた千尋は、六本木の交差点でタクシーを拾って真っ直ぐここまでやってきた。秀介が預けてくれた合鍵を使って中に入ると、照明が絞られているのに気づいた。

表の門燈《もんとう》とアプローチ、そして広いエントランスホールとレセプションルームのブラケットは点灯していたが、長い廊下は暗い。今夜は使用人を帰したと言っていたから、屋敷の中には秀介しかいないのだろう。

庭に面したサロンのほうへと歩いていこうとしたところで、二階から声が届いた。

「上にいるよ、千尋」

優しく穏やかな秀介の声に、トクンと鼓動が弾む。

滑らかな黒檀《こくたん》の手すりがついた階段をゆっくりと上り、明かりの洩れているマスターベッドルームへと歩いていくと、微かにブランデーの香りが漂ってきた。

開いたドアから中を覗《のぞ》くと、そこにはネクタイを外してワイシャツの袖《そで》をまくり、窓辺の椅子《いす》に腰かけてブランデーグラスを傾けている秀介がいた。

部屋に入ってその表情を見つめると、秀介はどことなくけだるげで、疲れた様子だった。また水野に当てられてきたのだろうか。

「遅くまでお疲れ様です、秀介さん」

「悪かったな、こんな時間に呼び出したりして。今夜は友人と会っていたのだろう？」

「大丈夫です。もうお開きにしようって、言い合っていたところでしたから」

亮介と会っていることは、まだ話さないほうがいい。

亮介もそう言っていたので、ほんの少し後ろめたい気持ちを覚えながらも、そんなふうに言って誤魔化《ごまか》す。秀介がミニテーブルにグラスを置いて、両手を広げる。

「おいで」

艶麗《えんれい》な表情でこちらを見つめて、秀介が誘う。

とても疲れているのに、いや、だからこそ、恋人である千尋との時間を大切に過ごしたい。

秀介の顔に浮かぶそんな想いに、胸がキュンとなる。

恋人と触れ合えるのだと、甘い期待感を抱きながら秀介の傍まで歩いていくと、椅子に座ったままの秀介に腰を抱き寄せられ、腿《もも》の上に座らされた。

漆黒の瞳《ひとみ》に千尋の姿だけを映して、秀介が囁く。

「ここで二人で過ごすのは久しぶりだな、千尋」

「ええ。そうですね」

「たまらなく、おまえが欲しい。今すぐ抱いてもいいか？」

「……もちろんです」

頬を上気させながら答え、秀介の瞳を覗き込む。

それを合図にしたように、秀介が千尋の後頭部に手を添え、口唇を重ねてきた。

「……ん……、ふ……」

ブランデーの香りが絡みつくような、秀介のキス。

その味は果実のように甘く、千尋の意識をトロトロと蕩かせる。キスをされただけで体の芯《しん》が潤んでいくのがわかる。自分も早く秀介が欲しいと、全身がそう言っているかのように。

（秀介さん……、秀介さん……！）

たいていは、深夜。

勅使河原の屋敷のこの部屋で、二人は愛を交わし合った。使用人も誰もいない完全に二人だけの時間を選ぶのは、スキャンダルを避けるため。そして二人きりの朝を迎えるためだ。

多忙ゆえ、まだ数えるほどしか抱き合ってはいないけれど、秀介の優しく紳士的なリードのおかげで千尋の体は徐々に馴《な》らされ、抱き合うことに悦《よろこ》びを覚え始めている。

キスをしたまま抱き上げられ、ベッドまで運ばれて体を横たえられたら、もうそれだけで下腹部が疼《うず》き始めるのを感じた。

千尋の衣服を丁寧に脱がせていきながら、秀介が嬉しそうな笑みを見せて言う。

「ふふ、可愛いな千尋は。キスをしただけで、もう欲望を覚えているのか？」

「す、すみま、せ」

「なぜ謝る。期待してもらえているなら、それはとても嬉しいことだ」

秀介が言って、全裸の千尋の体をうっとりと見つめる。

それからやおらワイシャツを脱いで、上半身を曝け出す。

忙しい日々の合い間、時間を見つけてはジムで汗を流している秀介は、思わず見惚《みと》れてしまうほどに均整の取れた美しい体つきをしている。

「愛しているよ、千尋」

「僕も、です……、ぁ、はぁっ……」

肢《あし》を開かされて体を重ねられ、胸にキスを落とされて、あえかな声がこぼれる。

温かい口唇の感触。そして微かに触れてくる、舌先の熱さ。

情交の悦びを知り始めたばかりの千尋の体は、恋人に優しく触れられて敏感に反応する。

（気持ち、いい……）

秀介にだけは話していたが、千尋は女性を知らない。秀介に触れられるようになるまで、誰とも肌を合わせたことがなかった。

けれど、もしかしたらそれだからこそ、千尋は秀介の想いを真っ直ぐに受けとめることができたのかもしれない。まっさらな心に愛情を注がれ、誰も触れたことのない体を愛されて、千尋は初めて恋愛のなんたるかを知ったようなものだ。

秀介との関係は、他の何ものとも比較できないほどの温かい喜びに満ちている。

「後ろがきつく締まっているな。体も固くなっている。もっとリラックスするんだ、千尋」

「は、い、……ぁ、ん……」

ツンと勃《た》った乳首に、滑らかな腹。艶《つや》やかな膝頭と、細くしなやかな内腿の筋肉のすじ。千尋の柔肌に軽く吸いつくようにキスを落としながら、秀介が指先で千尋の窄《すぼ》まりに触れてくる。その指は、ヌルリとしたもので濡《ぬ》れている。後孔《こうこう》の滑りをよくするためのジェル状の潤滑液だ。窄まりにたっぷりと塗りつけて、秀介が告げてくる。

「指を挿れるぞ。ゆっくり、息を吐《い》け」

「は、はい……、ん、んっ、ぅ……！」

息を吐き出したタイミングで、秀介が後ろに指を滑り込ませる。

そのまま中をまさぐるように指を抽挿《ちゆうそう》され、ゾクゾクと背筋が震えた。

そこを指で解《ほど》き、広げるのは、男同士で繋《つな》がるためには避けて通れない準備ではあるが、千尋はまだ少し抵抗感を覚える。繋がってしまえばそれほどでもないのだが、指で解《ほぐ》されるときのなんとも言えない感触に、まだ体が慣れていないのだ。中を確かめながら指を二本に増やして、秀介が言う。

「上手だ、千尋。ようやく体の力も抜けてきたようだな。ここも、こんなに大きくなってきたぞ?」

「あっ、は、ぁ……」

知らぬ間に勃ち上がっていた千尋自身にチュッとキスされ、幹をテロテロと舐《な》められて、濡れた声が洩れる。

男の最も敏感な場所だけに、果実でも味わうようにそこを口で愛撫《あいぶ》されると、自分でも信じられないような声を発してしまう。知らず頬を染めていると、秀介がクスッと笑った。

「可愛い声だ、千尋。もっと聞かせてくれ」

「あぁっ、んんっ、やぁっ」

欲望を口に含まれ、チュプ、チュプ、と音を立ててしゃぶられて、喘《あえ》いでしまう。

熱く潤んだ内頬に吸いつかれ、窄めた口唇で摩擦されるだけですぐにでも持っていかれそうなのに、ざらりとした舌で先端を舐め回されて、こらえ切れずに腰がビクビクと跳ねた。

秀介が前を舐めながら、後ろに挿し入れた指で中をやわやわと掻《か》き回してきたから、快感と異物感とに同時に意識を揺らされる。指をもう一本増やされ、揃《そろ》えて抽挿するように動かされると、前だけでなく後ろからもぬちゃ、ぬちゃ、と湿った音が立ってきた。己の声と、下腹部から上がる卑猥《ひわい》な水音に鼓膜を犯され、恥ずかしさに頭が熱くなる。

「ん、んふっ、はぁ、秀介、さん、秀介さんっ……！」

（早く、繋がりたい……、秀介さんを、感じたいっ……）

まだセックスに慣れ切らないこの体だけれど、早く恋人と一つになりたい。想いを重ねて繋がり、愛し合いたい――――。

徐々に募っていくそんな想いに、息がハアハアと荒くなる。

秀介が千尋の欲望から顔を上げ、優しく訊いてくる。

「どうした、そんなに息を乱して？」

「ふ、あ……、秀介さんと、早く一つに、なりたくてっ……！」

「ふふ、可愛いことを言うな、千尋は。後ろももう充分に開いたようだ。おまえの望み通り、一つになろうか」

秀介が言って、千尋の後孔から指を引き抜き、衣服の前を緩めて彼自身を解放する。

その雄々しいボリュームに微かな戦慄《せんりつ》を覚えながら、秀介がそれぞれの欲望にコンドームを嵌《は》めるのを待っていると、やがて秀介が、開いた千尋の肢をM字に折り、膝裏に手を添えて腰を浮かすように押し上げてきた。

熱杭《ねっくい》の先端を解けた窄まりに当てて、秀介が告げる。

「繋がるぞ、千尋。力を抜いていろ」

「はい……、ん、うぅっ……」

ぐぷっと切っ先を埋め込まれて、呻《うめ》くような声が出る。

開口部がいっぱいに開かれて、ミシミシと軋《きし》むようだ。そのままグイッと先端を貫き通されると、外襞《そとひだ》の縁がヒクヒクと痙攣《けいれん》した。

張り出したその形状がわかるほどに、押し広げられた内壁。じわじわと幹の部分を挿入されて、圧入感《あつにゅうかん》に脂汗が滲んでくる。

「あ、くっ、ううっ」

「恐れるな。私を感じて、のみ込んでいくんだ」

気遣うような秀介の声は、微かに震えている。

千尋を傷つけたりしないよう、己を抑制しているのだろう。そのいたわりが嬉しくて、まなじりが潤む。

手を伸ばして秀介の二の腕につかまるようにしながら、彼を深くまで受け入れようと狭間《はざま》を上向かせると、秀介が腰を落とすようにして砲身を根元までぐっと沈めてきた。

「ふぅ、あぁっ……、入っ、てる、秀介さんが、全部っ……」

「ああ。もうすべておまえの中だよ。私たちは一つだ」

秀介が千尋の双丘に下腹部を押しつけながら言って、ほうっとため息をつく。

満ち足りたような目でこちらを見下ろして、秀介が囁く。

「温かいな、おまえの中は。まるで、包み込まれているかのようだ」

「しゅ、すけ、さん」

「おまえと抱き合うと、私は心までも癒《いや》される。私をそんな気持ちにさせてくれるのは、おまえだけだ」

（……僕のこと、そんなふうに……？）

嬉しい言葉に心が弾む。恋人に愛され、彼の心を癒すことができるなんて、こんなに幸福なことはない。

「愛しているよ、千尋。おまえだけを……」

「秀介、さっ……、あ、あぁ――」

そろり、そろりと、秀介が腰を使い始めると、言葉も思考も飛散した。ひたひたと潮が満ちるように、身も心も秀介の愛情で満たされていく。

恋人の温かく穏やかな律動に、千尋はただ身を任せていた。

■　■　■

それからひと月ほどが経った、ある日のこと。

千尋は東京赤坂《あかさか》にある料亭の前で、秀介、栗田と共にタクシーを降りた。二人に続いて暖簾《のれん》をくぐり、料亭の中へと入っていく。

「……一体何を言い出すつもりなのだろうな、福山さんは。どう思う、栗田」

「さあ、皆目見当もつきませんね。もしや、後援会長をやめたいというお話でしょうか?」

「それくらいなら、まだいいがな」

二日ほど前、秀介の後援会の会長を務める四菱工業社長の福山から、急に会いたいと言われ、忙しいスケジュールを縫って一席設けた。だが会談の目的は一切告げられず、秀介はかなり訝っているようだった。

父議員の頃から支えてくれていた福山が、会長職を辞するばかりか退会を申し出るようなことにでもなれば、政治活動に大きな支障をきたす恐れもあるからだ。

けれど千尋には、少々思い当たることがあった。

『もう少ししたら、いい知らせができると思うぜ。兄貴が俺のこと、ちゃんと認めてくれるといいんだけどな』

一週間ほど前に亮介と会い、政財界の現状に関する様々な情報を交換したときに、亮介はそんなふうに言っていた。

福山とは懇意にしているようだったし、もしかしたらその話なのではないだろうか。そう思いながら、日本庭園に面した廊下を歩く。最奥の個室へと通されると――――。

「よう、兄貴」

「……亮介……、貴様、なぜここに？」

横長の座卓には福山と、千尋が想像した通り亮介が並んで座っていた。

福山が年輪の刻まれた顔に笑みを浮かべて、困惑の表情を見せる秀介に言う。

「驚いた顔をしているね、秀介君。まあまあ、座って話そうじゃないか」

「福山さん、しかしっ……」

「相変わらずのようだね、きみたちは。だが亮介君は、今や私の友人なんだ。兄であるきみとどうしても和解したいと言われたので、私が仲裁を買って出たというわけだよ。どうか私の顔に免じて、彼の言い分を聞いてやってくれないかね？」

（和解……？）

福山の言葉に、軽い驚きを覚える。

秀介と亮介の間に、仕事上の関係者に仲裁をしてもらわなければならないほどの亀裂があるとは思っていなかった。秀介は納得がいかないような顔つきだったが、さすがに後援会長にそう言われたらそれ以上何も言い返せなかったのか、渋々頷《うなず》く。

「……わかりました。福山さんがそうおっしゃるのなら」

秀介が言って、福山の向かいに座る。その隣に栗田が座り、千尋が末席に腰を下ろすと、亮介が素知らぬ顔でこちらを見つめ、軽くウインクしてきた。

表情からすると、いい知らせとやらを聞かせてもらえそうな雰囲気だ。

「悪《わ》りぃな兄貴、だまし討ちみてえなことになって。けど、一度は飛び出した家の敷居をあんたの許可なく跨《また》ぐわけにもいかねえし、こうでもしなきゃ話もできねえ雰囲気だったから、無理言ってこういう場を用意してもらったんだ。俺らのこと、よく知ってらっしゃるしな」

亮介の言葉に、福山がクスリと笑う。子供の頃から二人と会う機会のあった福山は、兄弟間の関係もよく知っているのだろうか。

しかし秀介は、表情一つ変えずに亮介を見据え、厳しい声で訊ねた。

「話とはなんだ亮介。福山さんのお手を煩わせるくらいだ。よほどのことなのだろうな?」

秀介の声音があまりにも冷たかったので、亮介が軽く肩をすくめる。

だがすぐに真っ直ぐに秀介を見返し、穏やかに答えた。

「この間パーティーのときに話した通りだよ、兄貴。俺は兄貴の役に立ちてえんだ。勅使河原家の人間としてな」

「しかし、おまえは家を離れた人間だ。その意味を、おまえもわかっているはずだ」

「もちろんだ。俺は相続も放棄してるし、今さら親父の後継者になろうって気もねえ。勅使河原家の跡取りは兄貴だよ。今まではもちろん、これからだってな」

(相続放棄って……、そこまで?)

亮介と勅使河原の家との間に、それほどまでに深い断絶があったなんて知らなかった。もしや突然アメリカに行ってしまったのも、そのせいだったのだろうか。

背景をまったく知らないだけに、そんな疑問も浮かぶ。亮介が笑みを見せて続ける。

「けどよ、だからって兄弟の縁まで切れるってことはねえだろ。ガキの頃は無力だったたし、兄貴ほど頭もよくはねえが、今の俺にならできることもある。俺は俺なりのやり方で家を、あんたを、支えていきてえんだよ。二人きりの兄弟だからな」

(……亮介……！)

二人きりの、兄弟。

亮介の口からその言葉が出るとは思わなかったから、嬉しさに胸が震える。なんらかの事情はあったが、亮介は本当に秀介と和解したいと思っていて、彼のために働きたいと思ってくれているのだ。

栗田もそう感じたのか、どこかホッとしたような顔を見せる。

だが秀介は、言葉を切った亮介を軽く目を細めて見つめ返しているだけだ。亮介の発言を疑ってでもいるのだろうか。

おかしな沈黙が落ちてしまった。ここは自分が何か言ったほうがいいだろうかと思うが、この場でそれもなんだか出しゃばりがすぎるような気もする。

逡巡《しゅんじゅん》していると、横合いから助け船を出すように、福山が亮介に促した。

「あれを見せたらどうだね、亮介君。言葉よりも行動で伝えたほうが、秀介君にきみの意気込みをしっかりと理解してもらえるのじゃないかね？」

「……やっぱり、そうですかね？」

亮介が答えて、やおら傍らのブリーフケースを開き、中から数枚の書類を取り出す。

それを秀介のほうによこしながら、亮介が言う。

「本当は、兄貴に納得してもらってから出そうと思ってたんだけど……、これ、今の俺の気持ちだから。栗田さんと千尋も、見てもらってかまわねえよ？」

「……これは……」

書類の表紙に書かれた文字を見て、秀介がピクリと眉を動かす。

――『勅使河原秀介後援会　新規入会予定者名簿』。

表紙をめくると、中には表計算ソフトで作られた表が、数ページにわたり印刷されていた。

「これは凄い……！」

栗田が感嘆したような声を洩らす。

名だたる企業の経営者、政治経済、国際問題などに詳しい著名人や、文化人。

表に連なる名前は、千尋が見てもわかるほどにそうそうたる面々ばかりだ。もしやこれが、亮介がいい知らせと言っていたことなのだろうか。

さすがの秀介も、思わぬ事態に驚きを隠せないのか、絶句してしまっている。

福山がクスクスと笑って言う。

「最初にこの名簿を見たときは、私も驚いたよ。亮介君独自のコネクションを使って集めてきたと聞いて、思ったのだ。やはり勅使河原の名は、伊達《だて》ではないとね」

「福山さん……」

「どれだけ人脈があろうと、私にはここまでのことはできない。昔、いろいろとあったようだが、きみたちももう大人だ。今こそ兄弟で力を合わせるときではないかね？」

福山の言葉に、秀介が小さく息を吐く。

千尋は驚きと微かな期待感とを抱きながら、秀介と亮介を交互に見ていた。


それから、二時間ほどあとのこと。

「今日は本当にありがとうございました、福山さん。お休みなさい！」

千尋は亮介と共にタクシーで福山を送り、自宅へと入っていくのを見届けた。

それぞれの家に帰るためもう一度タクシーに乗り込んで、亮介がため息をつく。

「ふー、やれやれ。ようやくひと息つけるな」

「お疲れ様、亮介」

「あんたもな。……ああ、けど兄貴と栗田さんは、まだ佐藤センセに捕まってんだよな？」

「たぶん、なんだかんだで深夜までかかると思う」

「は、やっぱタフじゃねえと務まらねえな政治家ってやつは。俺にできることなんざ兄貴のサポートがせいぜいだって、つくづく身にしみるよ」

先ほど後援会の新規入会者名簿を見せてもらったあと、福山の言葉もあって、秀介はようやく亮介の意気込みが本気であることを認めてくれた。

まずは後援会に関することだけと限定的ではあったが、亮介に仕事を任せ、時期を見て後援会長を亮介に譲りたいという福山の意向も承諾した。

だが今後のことを話そうとしたところで水野から電話が入り、秀介は栗田と共に佐藤幹事長の宴席に出席することになってしまったのだ。

いつもの笑顔を見せて、亮介が言う。

「ま、兄貴はなんでもそつなくこなすんだろ。俺はそれをさりげなく手助けできりゃそれでいい。いろいろ教わることも多いだろうけど、よろしくな、千尋」

「こちらこそよろしく、亮介」

もう会えないのではとすら思っていた亮介が、また傍で笑ってくれている。

こんなときが来るなんて、ほんの少し前までは思いもしなかったから、なんだか感慨深い。

しみじみとした気分で、千尋は言った。

「本当に、よかった。秀介さんが亮介のこと認めてくれて」

「……そう思うか？」

「当たり前じゃないか。兄弟で手を取り合って欲しいっていうのは、僕もずっと思ってきたことだし。それに……」

――――また昔みたいに、三人でいられる時間が増えるかもしれない。

それはやはり嬉しいことだ。もちろんもう子供ではないし、どこかの時点で自分が秀介とつきあっていることを、亮介に話すことになるとは思うが。

「……っあ、ヤベえ。どうしよ……」

「ん？」

「俺、柄にもなく、緊張してたのかな。思ったよりも飲んじまってたみてえ。ちょっと、気分が……」

「え、亮介、大丈夫っ？」

手で頭を押さえてうなだれてしまった亮介に驚いて、慌てて顔を覗き込む。

苦しげに眉根を寄せて、亮介が訊いてくる。

「……悪《わ》り、先に俺の家まで行ってもらっていいかな。なんかちょっと、一人で帰れる自信がねえわ」

「うん、いいよ。大丈夫だよ。僕が部屋まで連れてってあげるから……」

千尋は言って、そっと亮介の背に手を添え、運転手に告げた。

「すみません、この人を送っていきたいので、先に六本木回ってください」

とにかく家に連れて帰って介抱してやろう。千尋はそう思いながら、亮介の背中をさすっていた。


「亮介、二十五階に着いたよ。大丈夫？　歩ける？」

「……ああ、平気だ。出て左だよ」

「わかった」

（……凄いマンションだな）

亮介の住まいは、六本木の交差点にほど近い場所にある複合商業ビルに併設された、高層レジデンスにあった。

亮介のオフィスはここよりもさらに赤坂寄りにあり、議員会館や国会議事堂も近い。今後、亮介が秀介の政治活動に協力するようになれば、ここへ来る機会もあるのだろうか。

そんなことを考えながらエレベーターホールを出て、突き当たりまで行く。

亮介が電子ロックを解除し、スライド式の玄関扉が開くと――――。

「……！」

目に飛び込んできたのは、玄関ホールの壁面いっぱいに広がる窓の向こうの、まばゆい東京の夜景だ。思わぬ絶景に息をのむ千尋に、亮介が言う。

「リビングの窓はもっと大きいぜ。よかったら中で寛《くつろ》いでてくれよ。俺はちょっと……」

玄関ホールから続く廊下の中ほどにあるガラス扉を指し示して、亮介がさっさと家の奥へと消えていく。

たぶん洗面所にでも駆け込むのだろう。とりあえず無事にたどり着いてよかった。

千尋はいくらかホッとしながら廊下を歩いていき、ガラス扉を開けてリビングの中へと入っていった。

「うわ、本当に、凄いな……！」

洒落《しゃれ》たモノトーンでまとめられた室内は柔らかい間接照明だけが点灯していて、まるでホテルかモデルルームのようだった。亮介が言った通り壁の一面がガラス張りになっており、広く外界が見渡せる。思わず魅《み》せられたように窓に近づいて夜景を見ていると、やがて戻ってきた亮介が、部屋の入り口のところから声をかけてきた。

「なかなか眺め、いいだろ」

「ああ、うん。凄いね。……亮介、大丈夫？」

「おかげ様ですっきりだ。手間かけさせたな」

亮介が言って、こちらへ歩いてくる。その顔には、もう具合の悪そうなところはない。

「よかった。お酒の飲みすぎは怖いから、ほどほどにしないとね？」

「だな。これからは気をつける」

亮介の言葉にホッとして、千尋はまた外を眺めた。

「こんな素敵なところに住んでたんだね、亮介は」

「まあな。俺はこの窓を見て、ここに住もうって決めたんだ」

亮介が言いながら、千尋の背後に立ち、窓ガラスに手をついて低く言う。

「ここからなら、いつでも見下ろしてやれるからな。兄貴のいる国会議事堂を」

「……？」

亮介の言葉に微かな棘《とげ》を感じ、怪訝に思いながら振り返る。

すると亮介がぐっと身を寄せてきたから、勢いに押されて背中が窓ガラスにぶつかった。

間近でこちらを見つめる亮介との距離の近さに驚いて、知らず息をのんだ千尋に、亮介がニヤリと笑って言う。

「……案外無防備なんだな、あんた。それとも、もしかして誘ってんのか？」

「えっ？」

「兄貴とつきあってるくせに、別の男の部屋に簡単に上がり込んでよ。兄貴はたぶん、そういうの許さねえタイプだと思うぜ？」

「な、何、言って……！」

いきなり告げられた言葉に焦って、頬がかあっと熱くなる。亮介にそんなことを言われるとは思わなかった。

でも、黙っていたら認めてしまうのと同じだ。千尋は慌てて言った。

「な、何考えてるんだ亮介っ。僕と秀介さんがつきあってるなんて、そんなことあるわけないだろ！」

「そんなに慌てて誤魔化さねえでいいんだぜ。あんた、勅使河原の家で兄貴と逢《あ》ってヤってるんだろ？」

「……っ！」

「安心しろよ。知ってるのは俺だけだ。たぶん、今のところはな」

「そんな、こと、何を根拠に、そんなっ……」

動揺しながら否定したけれど、亮介はクッと喉《のど》で笑って首を振った。

そして冷ややかな笑みを浮かべながら、懐から一枚の紙を取り出す。

「根拠ね。これがそうなるかな」

嘲《あざけ》るような声で亮介が言って、こちらにくるりと裏返したそれは、写真だった。

そこに写っているものがなんなのか認識して、千尋は目を見開いた。

「こ、れ……、どう、してっ……」

着衣が乱れ、肩と胸元が大きくはだけた千尋と、その体を抱き寄せてキスをする秀介。

朝の光が射すそこは、恐らく勅使河原の屋敷の二階、マスターベッドルームの窓辺だ。

夜中に秀介のもとへ行き、甘く抱き合った翌朝、熱の冷めやらない秀介にもう一度体を求められるのはよくあることだったが、まさかこんな写真を撮られるなんて。

「あそこの屋敷のセキュリティーの穴、俺はガキの頃から知ってたぜ？　親父があの部屋にどっかの商売女連れ込んでよろしくやってるの、何度も覗いたことあるからな。庭の東の端にある白樫《しらかし》の木、さっさと伐《き》ったほうがいい。覗きするにも盗撮するにも、ちょうどよすぎるからよ」

「ま、さか、見てたの……？」

恐る恐る訊ねるが、亮介はふっと鼻で笑っただけで答えなかった。

だがその目に淫靡《いんび》な色が浮かんだから、羞恥《しゅうち》で頭が真っ白になる。

亮介は見ていたのだ。千尋が秀介に抱かれ、淫《みだ》らに乱れる姿を――――。

（……いや、でも……、むしろ亮介で、よかったのかもしれない）

彼が秀介の身内でなければ大変なことになっていただろうし、元々いずれは話そうと思っていた。そのときがちょっと早く来ただけだ。千尋はそう思い、亮介を見返して言った。

「亮介の、言う通りだよ……。僕と秀介さんは、恋人同士だ」

「お？　思ったより呆気なく認めたな。いつからだよ？」

「秀介さんが補欠選挙に当選してしばらくしてから、秀介さんに告白されて。亮介には、いずれは話そうと思ってた」

そう言うと、亮介は意外そうな顔をした。

「へえ、案外最近じゃねえか。てっきりもうつきあいも長《なげ》えんだろうと思ってたけどな」

「気持ちだけは、伝えられてたんだ。亮介がアメリカに行ってすぐ。でも僕も母を亡くしたりいろいろあって、離れていたから」

「ふーん。あいつが親父の後を継いで代議士先生になったから、あんたにも欲が出たってことか？」

「亮介、そんな言い方……！」

下種《げす》な物言いに反発を覚える。秀介に告白されてからつきあうまで、確かに時間はかかったが、一度としてそんなことを考えたことはない。千尋はかぶりを振った。

「遊び相手とライトにつきあってる亮介には、信じられないのかもしれないけど、僕は本気で、真剣にあの人を想ってるんだ。打算でつきあってるみたいな言い方、しないでくれ」

そう言って、亮介を睨むように見つめる。

すると亮介が、キュッと眉根を寄せてこちらを睨み返してきた。

その目の奥にどこか昏い感情の色が見えたから、ゾクリと背筋が震える。

確か以前、六本木のクラブのＶＩＰルームでも、亮介はそんな目をして千尋を見つめてきた。まるで獲物を狙《ねら》う野生の獣のような獰猛《どうもう》な目に見据えられ、本能的な恐怖を覚える。

とっさに、亮介から逃れようとしたけれど。

「……ぁっ！」

亮介が広い胸を押しつけるようにして、千尋の体を窓ガラスに押さえつけてきたので、身動きが取れなくなってしまう。

こうなってみると、普段それほど意識しなかった体格差におののく。どことなくざらつい た声で、亮介が言う。

「……は、本気で真剣に想ってる、か。だったら試してやろうかな。あんたの想いの強さってやつをよ」

（試すって、何……？）

一体、何を言っているのだろう。言葉の意味を量りかね、黙って亮介を見上げていると、亮介が手に持ったままの写真をひらひらさせて言った。

「なあ千尋。こんなのがネットにでも出たら、あいつどうなるかな？」

「えっ……？」

「別に今どき男が男を好きだとか、男とヤってるなんて珍しくもねえけどよ。名家勅使河原家の長男で、元弁護士の清廉潔白《せいれんけっぱく》でクリーンなあいつのイメージは、確実に壊れちまうよなあ？」

そう言って亮介が、クスクスと笑う。恐ろしい言葉に胸が悪くなりそうだ。

でも、そんなことになったら秀介はもちろん、勅使河原家のイメージも地に落ちる。千尋は焦って言った。

「亮介、怖いこと言わないで。そんなことになったら秀介さんの政治生命にかかわる。もしかしたら、辞職に追い込まれるかもしれないよっ?」

「それが?」

「え」

「あいつがどうなろうが、俺には関係ない。高慢ちきなあいつが何もかも失って落ちてくところなら、むしろ見てみてえくらいだ。……俺がそう言ったら、どうする?」

亮介の口から飛び出した悪辣《あくらつ》な言葉に、ゾッと寒気を覚えた。

亮介が、まさかそんなことを言うなんて――。

「……そ、なっ……、だって、秀介さんと勅使河原の家を、支えたいって……、亮介、そう言ったじゃないかっ……」

「はは、めでてえなあ千尋は。あんなの出まかせに決まってんだろ? きっと兄貴だって本心からは信じちゃいねえよ。福山さんの手前、俺を受け入れたふりしただけじゃねえか?」

「う、そ……、そんな、嘘《うそ》……!」

「まあさすがの兄貴も、俺が何狙ってんのかまでは見抜けなかったみてえだけどな」

亮介が言って、写真をぽいと投げ捨てる。

慌ててそれを拾おうと手を伸ばしたが、亮介が両手で千尋の頬を挟むようにして頭を窓ガラスに押しつけてきたから、驚いて顔を凝視した。

鼻先が触れ合いそうなほどに顔を近づけて、亮介が訊いてくる。

「そんなにあいつが大事か？　千尋」

「あ、たり前だ」

「なら、俺にもヤらせろよ。あいつを辞職させたくないならな」

「な……？　ん、んんっ」

いきなり口唇をキスで塞がれて、ギョッとして目を見開いた。

両手を亮介の胸について押しのけようとしたが、その体は鋼《はがね》のようで、押したくらいではビクともしない。逆に両手首をつかまれて窓ガラスに押しつけられ、抵抗を封じられてしまう。怯《ひる》んだ千尋の口唇を割り開くようにして、亮介の舌が口腔《こうこう》に滑り込んでくる。

「んン、ぁふっ……」

激しく口腔を犯され、舌を搦《から》め捕《と》られて吸い上げられて、息が詰まった。

いやいやをするように顔を揺すって抗《あらが》いを示すけれど、執拗《しつよう》に吸いつかれ、口唇を食《は》むようにされて逃れることもできない。こんな奪われるようなキスをされたのは、初めてだ。

（……ちょっと、待って……、やらせろって、まさか亮介、僕をっ……？）

亮介の言葉の意味にようやく気づいて、ドッと冷や汗が出てくる。

秀介と恋人同士なのに、亮介とそんなことになるわけにはいかない。それに辞職させたくないなら、なんて、それはもう脅迫だ。亮介がそんなことを言うなんて、信じたくない。

（とにかく拒まなきゃ。ちゃんと話せば、亮介だってわかってくれるはず……！）

そう思い、どうにかキスを逃れようと懸命にもがく。

だが亮介は解放してくれず、だんだんこちらの息が苦しくなってきた。千尋は思いあまって、亮介の舌を思い切り嚙《か》んだ。

「……っ……！」

亮介が小さく呻いて、千尋の口の中にまで鉄の匂《にお》いが広がる。ヌルリと口唇を離してこちらを睨み据え、亮介が唸《うな》るように言う。

「……やってくれるじゃねえか、千尋」

「ご、ごめんっ、でもこんなの、駄目だよっ」

「駄目だ？　俺にはヤらせねえってことかよ？」

「当たり前だ！　だって僕は、秀介さんとっ、ぁっ、痛ぃ、やめっ……！」

腕をつかまれて引かれ、そのまま体を押し飛ばされて、カーペットの敷かれた床にドッと倒れ込む。間髪をいれず亮介が腰の上に馬乗りになってきたから、ウッと呻き声を上げてしまった。シュッとネクタイを外しながら、亮介が露悪的な声音で言う。

「和姦《わかん》が嫌だってんなら、強姦《ごうかん》するしかねえよなあ？　ここまで来たら、俺ももうやめられねえからよっ」

「あぁ、やっ、何を、すっ……！」

腕を強引に後ろで絡《から》げられ、ネクタイを使って縛り上げられて、驚愕《きょうがく》のあまり声が上ずる。そのまま手際よくズボンを緩められ、下着ごとひと息に膝の辺りまで引き剝《む》かれて、ヒッと悲鳴が洩れた。亮介がクスリと笑う。

「へえ、綺麗《きれい》な尻してんな。こいつで秀介をよくしてやってんのか。あいつと何回くらいヤったんだ？」

「亮、介っ、やめて、くれっ」

「嫌だね。パーティーであんたを見かけたときから、ずっとこの尻に突っ込みてえって思ってたんだ。オラ、尻上げて孔《あな》見せてみろよっ」

「やっ、嫌っ……！」

身を捩《よじ》って逃げようとしたけれど、両手で腰をつかまれて引き上げられ、尻を高く上げさせられた。狭間を無理やり開かれ、部屋の冷たい空気に触れた窄まりがヒクッと震える。

千尋の後孔を視姦するように眺め回して、亮介がクッと喉で笑う。

「へえ。兄貴の奴、結構お上品なセックスをしてやがんだな？　形も崩れてねえし、美味《うま》そうないい色してんじゃねえか」

「うう、見ない、でっ……」

「いいなあ、こういうのは汚《けが》しがいがあるってもんだぜ！」

亮介が嗜虐的《しぎゃくてき》な声音で言って、息がかかるほどにそこに顔を寄せてくる。

「兄貴がしねえようなこと、俺がたっぷりしてやるからよ。あんたはせいぜい、いい声で啼《な》いてな」

「……ひっ！　やっ、駄目、そんなとこ、舐め、ちゃっ……！」

いきなり後孔を舌で舐《ねぶ》られ、羞恥で全身の肌が真っ赤になる。

秀介にそこを舐められたことなどなかった。破廉恥《はれんち》すぎる行為に泣きそうになるけれど、亮介はまるでそれを見透かしているかのように、ピチャピチャと大きな音を立てて後ろを舐め回してくる。恥ずかしすぎて息もできない千尋に、亮介が嘲笑《あざわら》うように言う。

「おいおい、あんたのここ、嫌がってるわりに舐めただけで解けてきたぜ？　後ろ使うの、もう結構慣れてんだな」

「そ、な、ことっ」

「解けた蕾《つぼみ》の中は、どんな甘い味がすんのかな？」

「はうっ、くっ……！」

前触れもなく後ろにズブッと指を突き入れられて、引きつるような痛みに小さく呻いた。

そのまま、舌でねろねろと外襞を舐り立てながら指を動かして中をまさぐられて、おぞましさに吐き気を覚える。腰を捻《ひね》って逃れようとするけれど、亮介は突き出した千尋の尻を腰ごと片腕で抱え込むようにして、後ろを嬲《なぶ》る指を二本に増やしてきた。

指をくねらせるようにして中をぐちゃぐちゃと掻き回され、千尋の口から切れぎれに声が洩れる。

「ひ、ゃっ、ぃや、ああっ」

指と舌使いの激しさと、立ち上がる水音の卑猥さ。

亮介の触れ方は、秀介のそれよりもずっと野蛮で即物的だ。欲望を繋がれたらメチャクチャにされてしまうのではと、想像しただけで身がすくむ。犯される恐怖をまざまざと実感して、頭がどうかなってしまいそうだ。

（どう、して……、どうして、こんなことっ……！）

やっと秀介が亮介を受け入れて、昔のように三人で過ごせるかもしれないと嬉しく思っていた。なのに亮介に、こんなひどいことをされるなんて――。

「りょ、すけ、嫌っ……、こんなの、嫌、だっ」

「まあそう言うなって。ちゃんと気持ちよくしてやるよ。兄貴なんかよりももっと感じさせてやる。けど、まずはあんたを味わわせろよ。この俺にもさ」

亮介が欲情の滲む声で言って、後ろから指を引き抜く。

千尋の背後でカチャカチャとベルトを緩める音に絶望的な気持ちになっていると、大きな手で双丘をわしづかみにされ、狭間を上向かされた。

舌と指とで乱暴に解かれた後孔に硬くなった亮介のモノを押し当てられ、息をのんだ瞬間、亮介が微かに上ずった声で告げてきた。

「ぶち込むぜ千尋。力、抜いてろっ」

「嫌っ、やぁっ、あああっ……！」

ひと息に頭の部分を貫き通されて、絶叫してしまう。

凄《すさ》まじいまでのボリュームと、熱。

ひどく熱いのは、コンドームをつけていないからだろうか。ぐいぐいと腰を使って容赦なく奥まで突き込まれ、摩擦のきつさにも苦しめられる。

縛られて獣のような体位で楔《くさび》を打たれている恥辱感も相まって、体がわなわなと震え出す。

「や、ぃや、抜い、て、抜いて、くれっ……」

泣きそうになりながら懇願するけれど、亮介は気にも留めず雄《おす》を根元まで突き入れてきた。

大きな両手で千尋の腰をつかんで、息を整えるように吐き出す。

「……ああ、クソッ、凄えなっ。俺のが奥まで入ってるっ、千尋の中に、俺がっ……！」

「亮、介」

「熱くて、ピタピタに吸いついてくるぜ？　おまえん中、最高だ！」

陶酔したような声で言って、亮介が腰を激しく打ちつけ始める。

ピシャッ、ピシャッと肉がぶつかる音が立つほどの、手酷《てひど》く暴力的な抽挿。千尋はもう声も出せない。揺さぶられるたび亮介に犯されている事実に打ちのめされて、気が変になりそ

うだ。

「は、ははっ！　奪った、奪ってやったぜ兄貴のモンをっ！　たまらねえなァっ！」

「……っ、？」

背中に落ちてくる亮介の声に、秀介への歪《ゆが》んだ感情を感じて悪寒が走る。

ときに野卑な物言いをしたり、秀介と張り合ってはいても、亮介の心根は真っ直ぐで、そこに淀《よど》みや陰りなどはないと思っていた。

なのに、そうではなかったのか。千尋をこんなふうにしたくなるほど、亮介は秀介を憎んでいたのか――――？

（わからない……、僕にはもう、何もっ……）

ずっと信じていた現実が、目の前で崩壊していく。

まるで生きたまま獣に食われてでもいるかのように、千尋はただ、亮介にいいようにいたぶられているばかりだった。

■
■
■

それから数週間が経った、ある朝のこと。

「……なんだ、ここにいたのかよ」

声をかけられ、浴室のドア口を振り返ると、上半身裸の亮介がこちらを見つめていた。

「やけに早起きだな。まだ五時前だぜ？　仕事に行くには早《はえ》えだろ」

「……一度家に、帰るつもりだから」

「はあ？　ここからなら事務所まですぐなのに、わざわざ家まで帰るのかよ？　ったく、意味がわからねえな」

亮介が言って、呆れたような顔で笑う。

亮介が眠っているうちに身づくろいをして、部屋を抜け出して帰ろう。そう思ったのは、家に帰って独りになり、亮介に散々もてあそばれた体をもう一度洗い清めてから出勤したかったからだ。昨晩、本当は恋人である秀介と愛し合うはずだった、この体を。

――写真をばらまかれて秀介を辞職させたくなかったら、体を自由にさせろ。

亮介の卑劣な要求は、あの夜の一度きりで終わりではなかった。

あれから千尋は何度も亮介のマンションに呼び出され、体を好き放題に犯されている。その頻度は徐々に増していて、先週からもう三度目だ。

「家に、忘れものをしたんだ。だから、取りに帰らないと……」

亮介の言葉から、まだ千尋を帰らせたくないのが伝わってきたけれど、とにかく早く帰りたいと思い、適当な言い訳をしながらシャツのボタンを留める。

　すると亮介がこちらへやってきて、腕を強く引かれて体を向き合わせられた。

「っ！　亮介っ、やめ……！」

　留めたばかりのシャツの前を開かれ、鎖骨の下辺りの皮膚にチュッと吸いつかれて、鋭い痛みに呻く。

　深く体に刻まれるキスマーク。やめて欲しいと何度も言っているのに、亮介は行為のたびに、マーキングでもするようにそれをしてくる。非難するように睨みつけても、亮介は不敵な笑みを見せるばかりだ。傲慢《ごうまん》な態度に、やるせない思いがこみ上げてくる。

　行為のたびつけられるキスの痕《あと》は、最近は消える暇もなかった。

　千尋はそれを秀介に見られたくないばかりに、体調が悪いと嘘をついて何度か秀介の誘いを断っている。昨晩もそうやって断って、その足でこのマンションへやってきたのだ。

　秀介は特段疑念を抱いているようには見えなかったが、それだけに後ろめたさが何倍にも膨らんで、今にも胸が破裂してしまいそうになる。

　他ならぬ秀介のためとはいえ、あんなにも愛してくれている優しい恋人を、自分はこれ以上ないほどに裏切っているのだから。

「……なあ千尋。帰る前に咥《くわ》えろよ」

「え」

「しゃぶれって言ってんだ。朝一の絞りたてミルク、飲ませてやるよ」

「……っ」

卑猥な言葉にめまいを覚える。昨日の晩、散々千尋をいたぶって、繋がった後ろに何度も精を放っていたのに、まだそんなことを言うなんて信じられない思いだ。

けれど、これはきっと勝手に帰り支度をしていた千尋へのペナルティーだ。口に射精されるのは嫌いだが、言うことを聞かなければまた凌辱《りようじよく》まがいに犯されるかもしれない。ここは、素直に従ったほうがいいだろう。

千尋は力なくその場に膝をついて、亮介の着ているスウェットの紐《ひも》を解いた。

従順な態度に満足したのか、亮介が軽い口調で訊いてくる。

「そういや、今夜は後援会のパーティーだな。あんたも来るんだろ?」

「一応。お手伝いをすることになってるから」

「そうか。兄貴の奴、今週は随分忙しいみてえだな。どこか遠くへ行くんだっけか?」

「明日から、福岡へ。大学時代の恩師が市長選に出るからその応援と、視察旅行」

「へえ。けど今週って、地元の懇親会と地域振興イベントと、あとなんかの勉強会もあるんじゃなかったか?」

「政策研究会も、あるよ」

そう言うと、亮介がクスクスと笑った。

「やれやれ、政治家ってのは本当に激務だな。国会の会期中はもっと大変なんだろ？」

「そう、だね」

「あんたは秘書として、そんなボスを懸命に支えてるってわけだ。まったく、健気《けなげ》だな」

亮介が言って、千尋の髪をまさぐるように撫でながら続ける。

「献身的って意味じゃ、栗田なんかよりよほど完璧《かんぺき》な秘書だ。この華奢《きやしや》な体で、あいつの身も心も癒してるんだからよ」

秀介の恋人であるのに、こんなふうに亮介にいいようにもてあそばれている現実。

それを揶揄されたような気がして、強い憤りを覚えるが、それを表に出さないようぐっとこらえる。スウェットと下着の前をずらし、もうすでに屹立《きつりつ》している亮介の欲望の幹に手を添えながら、千尋はその先端を口に含んだ。

口淫させているところが見たいのだろう、千尋の頭を上向かせながら、亮介が言う。

「舌、ちゃんと使えよ？　やり方しっかり覚えて帰って、紳士ぶった兄貴にもやってやるといい。知らねえ間にあんたがフェラ上手になってたら、腰抜かすかもしれねえけどな！」

せせら笑うような口調に、こめかみが熱くなる。

やるせない感情を振り払うように、千尋は一心に亮介に吸いつき、舌を使って浅ましく舐り始めた。まるで淫売にでもなったかのように。

（……亮介、どうしてそんなにも、秀介さんを……）

互いに少しばかりライバル意識の強い、年の近い兄弟。

二人のことを、千尋はその程度に思っていた。

だが少なくとも亮介のほうは、そんなものではなかったようだ。亮介は秀介に対して、千尋の想像をはるかに超えた強い負の感情を抱いている。

それが昔からだったのか、それとも離れていた十年ほどの間に膨らんでいったものなのかはわからないが、秀介などどうなってもいい、政治家としての信用が失墜してその地位から転落するところが見てみたい、とまで言うのは、もはや憎しみに近い。

スキャンダルになるような写真を撮り、それを使って彼の恋人である千尋を辱めて愉しんでいるのも、そんな負の感情の強さゆえだろう。

亮介にこんなふうにされるのは辛いことだし、亮介が兄である秀介にそんな昏い思いを抱いていることも含めて、心が参ってしまいそうになる。

(でもこの体を好きにして、それで亮介の気がすむなら、僕は……!)

秀介を憎んでいるのに、表向きは助けたいなどと言って近づいてきた亮介。

彼が本当は、何を企《たくら》んでいるのか。彼の本当の目的はなんなのか。それを考えると、ひどく怖くなる。今はこんなことですんでいるが、亮介は秀介に対して何をしてくるかわからないのだ。

自分が亮介に体を差し出すことで秀介を守れるのなら、今はとにかくそうしたい。

亮介に手酷く扱われれば扱われるほど、なんだかそんな思いが湧《わ》いてくる。

自分が間に入って最悪の事態が避けられるのならば、どんなことだってしてしたいと、そんな気持ちになってきて――。

「……っ、ああ、よくなってきたぜ千尋。しゃぶるの、本当に上手くなったな」

亮介が上ずった声で言って、千尋の頭を両手で左右からホールドしてくる。

そのまま腰を使って千尋の喉を突き始めたから、嘔吐感《おうとかん》をこらえて口唇を窄めた。

口の中の亮介自身が、グンと大きく嵩《かさ》を増していく。

「くぅ、たまらねえなっ、あんたの口ン中、トロットロだ」

「……んぅっ、ん……！」

「もう、出すぞっ。しっかり吸いつけ！」

亮介が命じて、抽挿のピッチを上げる。

激しい口虐《こうぎゃく》に呻きながらも、懸命に雄に吸いついた途端、亮介が千尋の喉奥を貫いて動きを止めた。ビク、ビク、と砲身が震え、熱い白濁が吐き出される。

「ッ、ごほっ、ごほっ！」

とっさに飲み込もうとしたけれど、苦い味に耐えかねてむせ込んでしまう。

うっかり口を離してしまったせいで顔に飛沫《しぶき》を浴びせられ、口唇からは唾液《だえき》交じりの濁液がこぼれて床に滴った。狭い浴室に漂う青い匂いに言いようのないむなしさを覚え、泣きそうになる。

「ったく、こぼすなよな。出されたら飲むか吐き出すか、どっちかに決めとけ」

亮介が渋い顔をしながら傍らのティッシュを数枚引き抜き、千尋の顔を雑に拭《ぬぐ》う。それから雄も清めて、興ざめしたような目で千尋を見やる。

「ま、とりあえずはすっきりしたわ。俺はもう一度眠るから、帰る前に床、拭いてけよ？」

そっけなく言って、亮介が浴室を出ていく。

千尋は口唇を手で拭いながら、惨めな気持ちで汚れた床を見ていた。


その夜のこと。

四菱工業社長の福山が会員になっている、銀座の会員制クラブの豪奢なパーティールームで、後援会新旧会員同士の親睦を深めるための立食パーティーが開かれていた。

千尋は会場入り口での誘導・案内係を担当していたため、パーティーが始まってだいぶ経ってから中に入ったのだが、どうやらひと通り挨拶やスピーチなどがすんで、今は自由な歓談の時間のようだ。

「……千尋、ご苦労だった」

「先生……」

「今夜は仕事はもういい。おまえも少し飲め」

壁際の目立たないところでソフトドリンクを飲んでいたら、秀介がさりげなく傍に来て、シャンパングラスを渡してくれた。

乾杯のときにいなかったから、気を遣ってくれたようだ。いつもの優しさを嬉しく思いながら千尋がグラスを受け取ると、秀介が手に持った杯をすっと上げた。

「乾杯、千尋」

「……はい。乾杯」

互いに見つめ合って、シャンパンを口にする。爽《さわ》やかに弾《はじ》けるその味わいに、ほんの少し心が和らぐ。考えてみれば、秀介と杯を交わすのはしばらくぶりのことだ。

「千尋……、その後、体調のほうはどうだ？」

「え……」

「具合が悪いと言っていたのに、おまえは休みなく精力的に働いている。もしや、無理をしているのではないか？」

秀介の言葉に、キュッと胸が痛む。

仕事のボスとして、そして恋人として、心から千尋を心配してくれているのが伝わってくるような秀介の声音は、背信を秘めた千尋の胸には、優しく響くばかりではなかった。一瞬なんと答えたらいいのかわからなくて、言葉に詰まってしまう。

千尋はあいまいに微笑んで秀介を見つめた。

「無理なんて、していないですよ。たぶん秘書の仕事にも慣れてきて、少しだけ疲れが出てるんだと思います。僕は大丈夫ですよ？」

そう言うと、秀介が少し考えるような顔をしてこちらを見つめ返してきた。それから小さくため息をつき、顎《あご》をしゃくってパーティールームのテラス窓のほうへと移動する。

二人きりで話したいということだろうか。千尋もあとについて、誰もいないテラスへと出ていくと――――。

「……あっ……」

テラス窓を閉めた途端、秀介に体を抱き寄せられた。そのまま太い柱の陰の暗がりに誘われ、口唇を重ねられる。誰かに見られてしまうのではないかと、一瞬ヒヤリとしたけれど。

「ん……」

チュ、チュ、と啄《つい》ばむように、何度も重ねられる口唇。

秀介の誘いはもちろん、日常的に触れられることもなんとなく避けていたから、優しいキスの甘さにうっとりと心が潤む。欲しかったのはこれなのだと、全身が歓喜するようだ。

思わず秀介にすがりついて、もっと深いキスをねだってしまいそうになる。

（でも今の僕に、秀介さんに愛される資格が、あるの？）

脅迫されているとはいえ、亮介と寝ている後ろめたさが、秀介の愛を求める気持ちを遠ざける。気持ちを抑えるように顔を背け、キスを逃れると、秀介が顔を離してこちらを見下ろしてきた。微かに疑念の漂う声で、秀介が訊いてくる。

「……千尋。おまえは一体、どうしてしまったのだ」

「秀介、さん」

「最近のおまえは、ひどく沈んで見える。心に何か、持ち重りのする悩みを抱えているのではないか？」

秀介の目に自分はそんなふうに見えていたのだと気づかされ、驚いてしまう。

千尋を包み込むような深い愛情の感じられる声で、秀介が告げる。

「何か気になることがあるなら、隠さず私に話せ。私は、おまえの力になりたいのだ」

（僕の、力に……）

心を揺すぶる秀介の言葉。

その優しさに涙が浮かびそうになる。今すぐに本当のことを打ち明けてしまいたいと、そんな衝動に駆られるが、話せば秀介と亮介との間には即座に諍《いさか》いが起こることになるだろう。自分と秀介の関係にも、きっとなんらかの軋みが生じることになる。

恋愛に慣れていない千尋にとって、本当のところ、それが一番怖いことだった。

――――亮介とのことを話して、秀介に嫌われてしまったらどうしよう。

そんなことを考えると、千尋は何も言えなくなる。

それが単に問題の先送りで、議員秘書である自分が取るべき態度としてもいただけないものだという自覚もあるのだが、嫌われたくないと思ってしまうと、どうしても本当のことを言う勇気が持てないのだ。

秀介の目を見つめ返すことさえできず、千尋がおろおろと視線を落とした、そのとき。キイ、とテラス窓が開く音が聞こえ、秀介がさっと千尋から体を離した。秀介の視線を追うように振り返ると、テラス窓が大きく開いて、亮介がひょっこりと顔を出した。

「……ああ、いたいた！　探したぜ兄貴、……っと、なんだ千尋もいたのかよ？　二人してパーティーさぼって何やってんだあ？」

「仕事の話をしていただけだ。どうかしたのか、亮介？」

「福山さんが、引き合わせたい人がいるからってあんたを呼んでんだよ。中に戻ってくれ」

「……わかった」

秀介が短く答え、テラス窓のほうへ歩いていく。秀介が室内へと戻り、福山を見つけてそちらのほうへ歩き始めたのを見届けてから、亮介がこちらに視線を向ける。

「あー、千尋。ちょうどいい、トイレってどこだっけ？　よかったら案内してくれねえ？」

軽い口調で亮介が言う。小さくため息をついて、千尋も室内へと戻っていった。

「……やっ、ん、亮介、や、め、んんっ……！」

亮介を化粧室に案内し、パーティーに戻ろうとしたところで、亮介に中に引きずり込まれてドアに背中を押しつけられた。

荒々しく口唇を合わせせられ、服の上から体をまさぐられて息が上がる。

先ほどの秀介とはまったく違う、奪われ、削《けず》り取られるようなキス。苦しくて眉を顰《ひそ》めると、ぬるい唾液の糸を引きながら亮介が口唇を離した。

千尋を見据えて、亮介が苛立《いらだ》たしげに言う。

「何二人でこそこそイチャついてんだよ。俺への当てつけか?」

「……なっ?」

「サカってるみてえだから、一発ぶち込んでやるよ。今すぐに、ここでな」

いきなりそう言われて、うろたえてしまう。

「亮、介、何、言ってっ……?」

テラスに出たのもキスをしたのも自然な流れで、千尋には当てつけなどという意図はなかったし、こんなところでセックスするなんて絶対にあり得ないことだ。

そう言って拒もうとしたけれど、言葉を発する間もなく体を反転させせられ、乱暴に後ろ頭をつかまれて顔をドアに押しつけられた。もう片方の手でシャツの前を開かれ、ベルトを外してズボンも緩められて、体が震え出す。

弱々しく首を振って、千尋は言った。

「や、嫌だよ亮介、こんな、とこでっ」

「は、テラスなんぞで堂々と乳繰り合ってた奴が何言ってやがる」

「……っ、ち、がっ、あれは、キスしてただけで……、んう、うぅ……！」

ぐっと体を寄せられて動きを封じられ、大きな手で口を塞がれて、抗う言葉をのみ込まされる。下着ごとズボンを下げられ、局部を揉《も》みしだくように撫で回されたから、拒絶の意思を伝えようと懸命に首を振るが、亮介は指先で千尋自身をもてあそび、緩く扱《しご》いて育て始めた。いやらしく千尋の耳朶を舐りながら、亮介が独りごちるように言う。

「……キスしてただけ、か。まあそれでも、秀介の奴、思ったより大胆なんだな」

「……っ？」

「もしかして、ぼちぼち千尋の変化に気づいてきたかな？　あんた、だいぶいやらしくなったからな」

亮介がクスクスと笑って、どことなく甘い声音で続ける。

「いろいろ滲み出てんだよ、最近。今朝顔射したときなんか、ヤベえくらい色っぽいツラしてた。自分じゃ気づいてねえのか？」

「……う、ん、ふっ……」

前を扱く手の動きを速められて、知らず呼吸が乱れてしまう。

いやらしくなった、なんて言われるのは心外だし、こんなふうにされて感じてしまうのも嫌だったが、亮介に触れられることに慣れてしまったのか、千尋の欲望は恥ずかしく反応して、呆気なく勃ち上がっている。先端には透明液が上がっているようで、指で撫でられたらヌルリと濡れた感触があった。

亮介がククッ、と喉で笑う。

「嫌だっつー割に、もうこんなにヌルヌルじゃねえか。こういう際どいとこでヤるの、案外燃えるタイプか？」

「ん、ぐっ、んんっ」

千尋の口を塞いでいた手の指を口腔に入れられ、ぐちゃぐちゃと掻き混ぜられて、嘔吐感でまなじりが濡れた。亮介がそのまま、唾液まみれになった手で千尋の狭間をなぞり、後ろを指で解し始めたから、本当に繋がるつもりなのだと戦慄する。

いつも強引だが、こんなところでするなんてどう考えてもまずいはずなのに。

「りょ、すけっ、お願いだからっ、やめてくれっ」

トイレの外に聞こえぬよう声を潜めて懇願するが、亮介はフンと鼻で笑って指を後孔に突き入れ、うねうねと動かして中を掻き回してくる。逃れたくても、前をきつく握られていてはそうすることもできない。

せめて声を洩らさぬよう奥歯を嚙んで耐えていると、やがて亮介がこらえ切れぬ様子で衣服を緩め、劣情に上ずった声で告げてきた。

「クソ、もう挿れんぞっ。声、出すなよ?」

「ううっ、ふっ……!」

とっさに自分の手の甲を口に押し当てて、必死に声をこらえようとしたものの、呻くような声を抑えることはできなかった。窄まりがまだ十分に開いていなかったのか、亮介自身を繋がれた後ろに微かな痛みを覚える。

だが亮介は、そんなことは気にもかけずに、強引に雄を根元まで沈めてきた。そのまま馴《な》染《じ》むのも待たず容赦なく突き上げられて、上体がガクガクと揺れる。

こんな場所で無理やり抱かれることになるなんて、まさか思いもしなかった。

「亮、介、ぃやっ……、やめっ、やめ、て……!」

切れぎれに言葉を発するが、亮介は動きを止めることなく、ひたすら千尋を味わうように腰を使い続ける。その息は荒く、まるで獣にでも犯されているようだ。激しく抽挿されるたび、いっぱいまで広げられた開口部がミシミシと軋むようだったけれど――。

「ああ、あんたの中、すっかり変わったよ。俺の形を覚えて絡みついてきやがる……! 恋人がこんないやらしい体にされたって知ったら、あいつ、どう思うかな?」

千尋の耳朶に口唇を寄せて、亮介が喘ぐように言う。

「もしかしたらもう、あいつより俺のほうがあんたを気持ちよくさせられるかもな。たまらねえだろ、俺にココ、突かれたらよ？」

「はぁあっ、やあっ、そこ、駄目えっ……！」

内腔前壁の中ほどにある感じやすい場所を切っ先でゴリゴリとなぞられて、苦痛を覚えながらも裏返った声が洩れる。

そこは今までも、秀介が優しく愛してくれていた場所だが、亮介にも早々に見つけ出され、繋がるたびにいたぶるように攻められている。抽挿のピッチを上げられ、前を扱く手も引き絞られたら、誤魔化しようのない感覚が背筋を駆け抜けて、徐々に吐息が潤み始めた。

こんなふうに惨めにレイプされているのに、千尋の体は快感に蕩けてしまっているのだ。

（いけ、ないっ……、こんなの、いけないのにっ……！）

浅ましい自分の体に嫌悪を覚えるが、感じる体は止まらない。

亮介が野卑な声で言う。

「へへ、兄貴に見せてやりてえぜ、俺を美味そうに咥え込んでよがってるあんたの、いやらしい姿をよ。兄貴こっちに来ねえかな……、携帯で呼んでみるか？」

「っ、ぃ、やっ！」

「いいじゃねえか。俺で感じてるあんたは俺だけのモンだ。それをあいつに、わからせてやりてえんだよっ」

「……っ……？」

こんな姿を秀介に見られるなんて、もう絶対に耐えられないことだが、亮介の言葉がなぜだか少々感情的に響いたから、微かな戸惑いを覚えた。

秀介を憎んでいるから、その恋人である自分をいたぶって憂さ晴らしをしている。

亮介のことをそんなふうに見ていたのに、亮介の今の言葉には、それだけでない何かが滲んでいる。亮介は一体、どういうつもりで――――。

「……っ、くっ、ふう、ううっ――――」

亮介が抽挿のピッチを上げ、千尋の前を握る手の動きを激しくしてきたので、慌てて手を口に押し当てて声を殺した。前と後ろを激しく擦《こす》り立てられて、思考など続かないほどに感じさせられる。亮介も終わりが近いらしく、千尋の肩に口唇を当てて喘ぐのをこらえているようだ。体内の亮介自身も、かなり大きくなっている。

こうなったからには、とにかく終わってくれるのを祈るばかりだ。千尋が口唇を噛んで声をこらえていると、やがて亮介が喉を鳴らして、呻くように告げてきた。

「く、うっ、千尋っ、出す、ぞっ」

「……っ、んぅ、ぁ、あぁぁ……！」

最奥を貫かれ、腹の中に亮介の熱液が溢《あふ》れたのを感じた瞬間、予期せず千尋も頂《いただき》を極めさせられてしまった。亮介の大きな手の中に己を吐き出す感覚に、羞恥心を覚える。

仕事で来た高級クラブのトイレで立ったまま犯され、さらには達《い》かされてしまうなんて

――――。

「……ぅああっ！」

千尋の中に白濁を余さず注ぎ込みながら、亮介がいきなり千尋の肩の辺りに噛みついてきたから、痛みで悲鳴を上げた。

そのまま吸血でもするようにキュウッとそこに吸いついてから口唇を離して、亮介が熱に浮かされたような声で囁く。

「あいつには、負けねえっ……、俺が、奪ってやるっ！」

噛まれた肩の痛みと、何やら強い情念の滲んだ亮介の言葉に、意識を混乱させられる。

恥辱感と戦慄とで、千尋はただ震えているばかりだった。

「……これじゃ、まだ戻れないな……」

化粧室の鏡に顔を映して、千尋はピシャッと両頬を手で叩いた。

強引なセックスのあとの顔は、まだ少し赤い。そろそろ戻らなければ秀介に怪しまれるかもしれないのに。

『俺が適当に誤魔化しとくから、あんたは少しシャキッとしてから戻ってこい。いかにもヤったばっかかってツラしてるからよ』

互いの白蜜で汚れた体を拭い、亮介はそう言って先に化粧室を出ていった。

勝手に好き放題にしたくせにと腹が立ったが、鏡の中の自分は確かにどこか妖《あや》しげな表情だった。そんな顔をしている自分が情けない。

(あんなふうに無理やりされて、快感を覚えてしまうなんて!)

亮介とのセックスはいつも、秀介との愛情に満ちた穏やかな情交とは似ても似つかぬ暴力的で野蛮なものだ。

なのに体は淫らに反応してしまう。感情と切り離され、体ばかりが駆け出してしまうのがいたたまれない。亮介が何やら得意げに言っていた通り、自分は亮介とのセックスで体を変えられてしまったのだろうか。そう思うとやり切れない気分だ。

(……でもさっきの亮介、やっぱりなんだか変だったな)

噛まれた肩のジンとくるような痛みに、眉を顰める。

鏡で確認したところ、出血したりはしていなかったが、赤紫の内出血痕からは噛みつかれたことが歴然であったし、吸いつかれたせいかそこ全体が大きなキスマークのようにも見える。いつもよりもさらに消えるのに時間がかかりそうだ。

『俺が、奪ってやる』

亮介の言葉を思い出すと、なんとなくドキリとする。

何を、とは言わなかったが、あれは自分のことなのではないか。確信はないものの、千尋はそんな気がしている。

マンションに呼び出して嬲ったり、気まぐれのように口淫をさせてみたり、亮介の千尋への蛮行は、秀介憎さからの行動だと思っていた。しかし先ほどの様子からは、それだけではないように感じるのだ。ここへ連れ込んだときにも、秀介とテラスにいた千尋に自分への当てつけなのかと訊いてきたし、ただ千尋をもてあそびたいだけにしても、少々感情的にすぎるように思える。

もしや亮介は、秀介と千尋の間の絆を羨《うらや》ましいと思っていて、千尋に自分のことも見て欲しいと思っているのでは――――？

（いや、そんなまさか！　だったらこんなふうにひどくしたり、しないだろうし……）

自分の想像を即座に否定するけれど、本当のところどうなのかは、千尋にはわからない。

千尋が今までつきあった相手は秀介だけで、体を繋げたのも彼だけだったから、亮介が実際には何を思って自分を抱いているのか、その本心を見抜くことができないのだ。

でも、亮介は本質的には明るく真っ直ぐな性格だったはずだ。こんなふうに何度も執拗に千尋を抱くのが、ただ憂さ晴らしをしたいからだけだとは、なんだか思えなくて。

（……駄目だ。気持ち、切り替えなくちゃな）

亮介の思惑はわからないが、亮介との関係を秀介に知られてしまうことは、避けなければいけない。ここで亮介に抱かれたことも、秀介には絶対に秘密にしておかなければ。

千尋はどうにかそう思い、外に出て風にでも当たって気分を変えてこようと、よろよろと化粧室から出た。

そのまま店の中を通り抜け、エントランスまで歩いていく。

するとエレベーターホールに出たところで思わぬ人物の後ろ姿が見え、ハッと目を見開いた。

栗田と、秀介。そして彼らと向き合って話していたのは――。

「そこまで恐縮していただかなくていいですよ、勅使河原先生。佐藤先生には、私がきちんと説明しておきますから」

慇懃で淀みのない言い方ながら、どことなく金属的な冷たい響きを感じる声。

そこにいたのは佐藤幹事長の秘書、水野だ。秀介が頭を下げて言う。

「いえ、秘書のミスは私の責任です。ご迷惑をおかけして、申し訳ありませんでした」

「新人秘書のミスなのでしょう？　私も駆け出しの頃はよく失敗をしましたし、うちの人間が送信の確認を取らなかったのも悪いのです。栗田さんも、どうかお気になさらず」

（……新人秘書って、僕のことじゃないかっ？）

何か問題が起こっているのだろうか。千尋は慌てて三人のもとに駆け寄り、声をかけた。

「あ、あの！」

「……千尋？　どうしてここに……」

「すみません、お話が聞こえて。その、私が、何か……？」

おずおずと訊ねると、水野がこちらに視線を向けて、察したような顔をした。

「ああ、確か吉田さん、でしたか？　一度お話したことがありましたね。なるほど、あなたでしたか……」

水野が言って、指でくいっと眼鏡のブリッジを押し上げて話を続ける。

「いえ、大したことではないんですよ。今朝、勅使河原先生の事務所に問い合わせのファクシミリを送信したのですが、お返事をいただいていないなと思いまして。たまたま近くに参りましたので、先ほど先生に確認をしましたら、受け取っていないと」

「今朝ですか……？」

記憶をたどるように視線を宙に浮かせると、栗田が話を繋いだ。

「今事務所に確認をしたら、廃棄用紙入れの中にそれらしい用紙が見つかった。朝ファクシミリの仕分けをしたのは、きみだろう？」

今朝は亮介のマンションから家に帰ろうとしたが、昨日やり残したことがあったのを思い出し、千尋は結局そのまま事務所へ行ったのだ。

けれど、亮介の言葉や傍若無人な振る舞いを思い出しては落ちつかない気持ちになってしまって、なんだかまともに仕事にならなかった。それでもなんとか片づけて、他の秘書たちや秀介がやってくる前に、掃除をしようとしていたら――――。

「……あっ……」

ことの次第を思い出して、千尋は冷や汗をかいた。

今朝、仕事を片づけたところでファクシミリが送信されてきたのだが、プリントの途中で紙詰まりを起こし、文面がよく判読できなかった。

発信元が佐藤の事務所なのはわかったので、本来ならすぐに連絡を取って内容を確認すべきところだが、あとで確かめようとしてそのままにしてしまったのだ。廃棄用紙入れに入っていたのは、無造作に置いておいたせいで片づけられたからだろう。

新人秘書だからといって言い訳などできないような、初歩的なミス。千尋は深々と頭を下げて言った。

「申し訳ありません！　いただいたファクシミリの内容を確認しなければならなかったのに、失念してしまいそのままに……！　本当に、すみませんでした！」

千尋の言葉に、秀介と栗田が顔を見合わせる。水野が穏やかな声で言う。

「もう気にしないでください、吉田さん。事情がわかったのですから、これから気をつければすむことです。うちの先生も、新人秘書のミスにいちいち目くじらを立てるような方ではありませんから……。それでは勅使河原先生、私はこれで」

「お手間をおかけしました。栗田、下まで送って差し上げてくれ」

「はい。ちょうど来ましたから、参りましょう」

栗田が水野をエレベーターへと誘う。

二人が乗り込み、階下へと下りていくのを見届けて、千尋は秀介にも頭を下げた。

「本当にうっかりしていました……。すみませんでした、先生」

「もういい。気にするな。それよりもこちらへ来い、千尋」

秀介が言って、千尋をエレベーターホールの脇の物陰へと誘う。

じっとこちらを見つめて、秀介が訊いてくる。

「おまえ、大丈夫か？」

「え……」

「ひどく顔が赤い。目もなんだかトロンとしているぞ？　熱でもあるのではないか？」

そっと額に触れられて、ドキリとする。気遣うような笑みを浮かべて、秀介が続ける。

「熱はない、か。だが、おまえはやはりかなり疲れているようだな。ミスをしてしまったのも、きっとそのせいだろう」

そう言って秀介が、すまなそうな顔をする。

「気づいてやれなくて、悪かったな」

「秀介さん……、そんなっ、秀介さんは何も悪くなんか……！」

「いいや、私のせいだ。おまえがいつでも傍にいて、公私ともにサポートしてくれることに、私は甘えていたのだ。恋人失格だよ、私は」

「そん、な、ことっ……！」

（違うのに……、悪いのは、僕なのに……！）

普段ならしないようなミスをしてしまったのは、たぶん心が動揺していたせいだ。亮介との秘密の関係に心が疲れ、注意力が散漫になっていたからだろう。

なのに、謝らせてしまうなんて――――。

いたたまれない気持ちになり、何も言えぬまま俯《うつむ》く。

すると秀介が、そっと千尋の体を抱いてきた。千尋の細い背中を優しく撫でるようにしながら、秀介が告げてくる。

「千尋。おまえは少し、休暇を取ったらいい」

「休、暇……？」

「ちょうど明日から、私と栗田は福岡だろう？　私がいない間、休みを取ってゆっくりするといい。他のスタッフには私からきちんと説明しておく」

「秀介、さん……、でも……」

「私はおまえを、誰よりも大切に想っているのだ。仕事でも、プライベートでもな。だから今は休んで、また明るい笑顔を見せてくれ」

優しい言葉に涙が出そうになる。こんなにも想ってくれている人を、自分はだましているのだ。そう思うと心が苦しい。

（この人に、嫌われたくない……、絶対に、嫌われたくないっ……）

——亮介とのことは、決して知られてはいけない。

体を抱く秀介の腕の温かさに身を委《ゆだ》ねながら、千尋はその思いを強くしていた。

翌日から、千尋は二日間ほど仕事を休むことになった。

とはいえ、本当に体調が悪いわけではなかったから、何もせず自宅マンションでぼんやり過ごすことになったが、考えてみたらそんな時間を過ごすこと自体久しぶりだった。

少しでも有意義に過ごしたいと思い、千尋はこの二日間、ずっと読む時間が取れなくて積んでおいた本を端から読んでいる。あまり他のことに煩わされたくなかったので、携帯も放置していた。

「……？」

不意にインターフォンが鳴ったので、千尋は読みかけの本から顔を上げた。

普段、平日の昼間のこんな時間に家にいることはないため、宅配便などの受け取りは夜に指定している。集金が必要なものは引き落としにしているし、一体誰が来たのだろう。

疑問に思いながら、インターフォンのモニターを見る。

するとそこに立っていたのは——。

「……亮介っ?」

『よう』

「なんでっ? どうして、僕の家をっ?」

ここのインターフォンは、部屋番号を押してマンションの外から鳴らされる。亮介に家まで来られるのが嫌だったから、今まで適当にはぐらかして場所を教えていなかったのに、もしや住所を調べたのだろうか。モニターの向こう、マンションの入り口に立ってこちらに気まずそうな顔を向けながら、亮介が言う。

『……んだよ、人のことストーカーみてえに言うなよな。電話通じねえからどうしたのかと思って、事務所の人に訊いたんだよ。そしたら、あんた風邪《かぜ》で休みだって言うからよ』

「事務所の、人が?」

『いやまあ、ここの住所は俺が勝手に調べたんだけどよ』

亮介が答えて、少々口ごもりながら続ける。

『……見舞いに、来たんだよ。一昨日《おととい》ちょっと無理やりヤッちまったし、もしそのせいだったら悪《わり》ぃなって。あんたが昔好きだったヤツ、たまたま近所で見つけたし』

どことなくバツが悪そうに亮介が言って、小さな包み紙をカメラに向ける。

某有名製菓店の、フルーツゼリー。昔よく風邪のときに母が買ってくれたもので、時折勅使河原家のティータイムにも出されていたが、まさか覚えていたなんて思わなかった。

（もしかして本当に、一昨日のことを悪いと思って……？）

一昨日の亮介は、なんとなくいつもと違っていた。

どう違うのかは上手く言えないが、あんな場所で無理やり抱いたことを、もしも亮介が謝罪したいと思っているなら、きちんと顔を見てして欲しい。亮介がどんな気持ちで自分を繰り返し抱いているのか、その理由も少しでも知ることができたら――。

千尋はそう思い、モニターの向こうの亮介に告げた。

「……わかった。今、開けるから」

マンションの入り口の扉を解錠すると、亮介がモニター越しに軽く手を振って中に入ってきた。読みかけの本を片づけ、部屋着の上にパーカーを羽織って玄関まで行くと、ちょうど亮介がやってきたようで、ドアの前で立ちどまった足音が聞こえた。

鍵を開けてドアを開くと、そこには気遣うような目をした亮介が立っていた。

「……よう、千尋。具合どうだ？」

「うん……、まあ、大したことは、ないんだけど」

「そうか。ほら、これ」

亮介がゼリーの包みをよこしてきたので、ためらいつつも受け取る。

でも、なんだか言葉が続かない。思わず黙ってしまうと、亮介が小首を傾《かし》げて訊いてきた。

「上がらせてもらえんの？」

「……、何も、しないなら」

「はは、しねえよ。風邪なんだろ？　俺も仕事あるから、すぐ帰るし」

そう言って亮介が、部屋へと上がり込む。

リビングへと通すと、亮介が長身なせいかなんだかいつもの部屋が小さく見えた。長い肢を折るようにしてソファに座り、亮介が興味津々の様子で眺め回す。

「へえ。なかなか小綺麗なところに住んでんだな。分譲か、ここ？」

「まさか。賃貸だよ」

１ＬＤＫとはいえ、都内にマンションを買うには千尋はまだ若すぎるし、そこまでの収入もない。世間ずれして見えても亮介もやはり上流家庭の出身で、庶民の生活とはかけ離れた感覚を持っているのだなと、なんだか可笑《おか》しくなる。

（そういうところ、秀介さんと似てるよな）

ゼリーを冷蔵庫にしまおうとキッチンに入っていきながら、ふとそんなことを考える。

秀介もこの家には何度か来ているが、どちらかといえば居心地悪そうにしていた。ここを引き払って勅使河原の屋敷で同居しないかと提案されたこともあるし、いつでも来ていいと言って屋敷の鍵を預けてくれてもいる。彼自身が慣れ親しんだ屋敷で二人で暮らしたいというこどもちろんあるだろうが、やはりここは彼には窮屈に感じるのかもしれない。

でも恋人とはいえ仕事上の関係でもあるし、千尋としてはそこは一線を引きたいという思いもあり、あえて職場からも屋敷からも離れたこのマンションを借りたのだ。

もちろん恋人なのだから、いつかは一緒に住みたいと思ってはいるけれど――。

「……別に茶とか出さなくてもいいぜ」

「え、でも……」

「話があるんだ。こっちへ来いよ」

コーヒーくらい出そうと用意をしていたら、キッチンカウンター越しにそう言われたので、亮介に視線を向けた。軽い気持ちで、千尋は訊いた。

「……話って、どんなこと？」

「あんたに頼みたいことがあるんだよ。まあ、いいからこっちに来いって」

そう言って千尋を誘う亮介は、何やら意味ありげな目をしている。

その表情は、先ほどの気遣うような表情とは違う、いつもの亮介の顔だ。なんとはなしに嫌な予感を覚え、心拍が速まる。もしや、家に上げたのは軽率だっただろうか。

「なんだよ、その沈黙は。もしかして、何か意識してんのか？」

「そんな、ことは」

「まあいいさ。来ねえなら、こっちから行くだけだ」

亮介が言って、やおらソファから立ち上がる。そのままカウンターを回り込んでキッチンへと入ってきた亮介は、思いのほか大きく見えた。

そこはかとない圧迫感を覚えながらも、千尋は平静を装って訊いた。

「僕に頼みたいことって、どんなこと？　僕にできること、なのかな？」

「できるさ。というか、あんたにしかできねえんじゃねえかな、今は」

答えながら亮介が、こちらにぐっと近づいてきたから、無意識に後ずさってしまう。

キッチンは袋小路だ。冷蔵庫のひんやりした扉の感触を背中で感じ、冷たい汗が出てくる。

さすがに警戒していることが伝わったのだろう。亮介がククッと忍び笑う。

「やっぱ意識してんじゃねえか、俺のこと」

「ち、が」

「ほんっとに無防備なんだよなあ、あんた。それで誘ってねえって、もう天然なのか計算なのかわかんねえよ」

「……ッ、亮、介、僕はっ……」

「ヤんねえって言っただろ？　俺は話がしてえんだ。あんたと、円満にな」

そう言いながらも、亮介は冷蔵庫の扉に手をついて千尋に顔を近づけてくる。そうして低く囁くように、言葉を続ける。

「あんた、勅使河原の屋敷の鍵、預かってるよな？」

「……え、鍵……？」

「ああ。そいつを使って屋敷に入って、ちょっと地下室に行ってきてくれねえかな。兄貴の書斎の下にある、秘密の隠し部屋へさ」

「秘密の、隠し部屋……？」

あの屋敷に地下室があるなんて、初めて聞いた。しかも隠し部屋だなんて、まるでミステリー小説のようで現実感がない。

でも、なぜそんなことを千尋に頼むのだろう。

「どうして、僕に？　亮介、元々あの家に住んでたんだし、自分で行けばいいじゃないか」

「俺は出禁《できん》食らったままだろうが。兄貴も警戒してんのか最近は監視カメラも増えたし、あそこの使用人、死んでも俺を家に入れるなって命令されてるんだぜ。けど兄貴に信頼されてるあんたなら、いつ屋敷に出入りしようが怪しまれねえ。逢引《あいび》きするときだって、そうやってたんだろ？」

それは確かにその通りだ。

だが、秀介がその存在自体を秘密にしている部屋にまで入っていいとは言われていないし、そこに何があるのかなんて想像もできない。胸苦しい気持ちを覚えながら、千尋は訊いた。

「……その部屋で、僕に何をさせたいの」

「お、察しがよくて助かるぜ。ちょっと探して欲しいモンがあるんだよ」

亮介が言って、潜《ひそ》めた声で告げる。

「ごくシンプルな作りの、借用証だ。たぶん何種類かあると思う。すぐにやってくれるなら、詳しいことを教えてやる」

「やって……、って？」

「持ってくるんだよ、俺のところに」

「盗んでこいっていうのかっ？」

「平たく言えばそういうことだな。できるだろ？」

信頼されて出入りを許されているのに、それを裏切るような真似をしろというのだろうか。

千尋は激昂《げっこう》して叫んだ。

「できるわけないじゃないか、そんなことっ！　僕は秀介さんの秘書なんだぞっ？　ボスの物を盗んでくるなんて、許されるわけがないじゃないか！」

知らず感情的になってしまいそう言うと、亮介が呆気に取られたような顔をした。

口の端に薄い笑みを浮かべて、言葉を返してくる。

「は、そうかよ。じゃああんた、今までなんのために俺に股《また》開いてきたんだよ？」

「……な……？」

「『僕は秀介さんの秘書なんだぞ』か。今さら何言ってんだか。あんたはもっと、自分の立場をわきまえてるんだと思ってたけどな？」

亮介がせせら笑うように言って、意地の悪い声で続ける。

「あいつとつきあってなきゃ、あんたそもそも俺にハメられてねえだろうが。てめえがあいつの政治生命危うくしてるくせに、今さら清廉な秘書気取ってんじゃねえよ」

「亮、介……！」

辛辣な言葉に、頭を殴られたような気持ちになる。まさかそんなふうに言われるなんて思ってもみなかったけれど――。

（……亮介の言う通りじゃないか）

秘書にと誘われ、彼の傍で働いている嬉しさ。

想いを告げられ、受け入れて結ばれて、心から愛し合っている喜び。

日々秀介の傍にいてそれを感じられることは、千尋にとってこの上もなく幸せなことだ。

でも秀介はあくまで公人で、千尋とつきあっていることは誰にも知られてはならない秘密だ。秀介と千尋がどれだけ純粋な愛情を抱き合っていても、二人が男同士であることをおぞましい、穢《けが》れていると感じる人は必ず存在していて、それは直接秀介の政治家としてのキャリアに響いてくる。どう言い繕ったところで、自分が秀介をそんな危うい状態に置いている張本人であることは揺るがない事実なのだ。

無意識に目をつぶって見ないふりをしていた現実を鋭く胸に突きつけられ、亮介をはね返す気力を砕かれる。それを察したのか妙に甘い声で、亮介が言う。

「どの道あんたは、俺の言う通りにするしかねえんだよ。秀介、明日まで戻らねえんだろ？　やるなら今夜が一番いいんじゃねえか？」

「……そん、な……、そんな、こと……！」

逃れようもなく搦め捕るような亮介の命令に、打ちひしがれてしまいそうになる。

秀介が秘密の部屋に隠しているという、借用証。

本当にそんなものがあるのかはわからないし、亮介が千尋すらも知らないそんな情報をつかんでいること自体怖いけれど、もし本当に存在するのだとすれば、それはどう考えても秀介の立場を危険に曝しかねないような種類のものだろう。

もうすでに千尋とのスキャンダラスな写真を手に入れ、千尋を蹂躙《じゅうりん》して楽しんでいるくせに、さらにそんな恐ろしいものを、千尋を使って奪おうとしている亮介。

彼の本当の狙いがなんなのか、ずっと疑問だったが、きっともう間違いない。

亮介は、秀介を破滅させようとしているのだ。

（どう、しようっ……、僕は、どうしたらいいっ……？）

秀介を心から愛している。彼のためにできることならなんでもしたいと思ってきたし、自分なりにそうしてきたつもりだ。亮介に体を好きにさせていたのだって、元々はそうすることで秀介を守れるならと、そう思っていたからだ。

だが結局、すべては意味のないことだったのだろうか。亮介の秀介への強い憎しみの前では、自分は無力なのか――――？

「……それを手に入れて、亮介はどうするつもりなの？」

「あ？」

「どうしても、それがないと駄目なの？　僕のことを好きにするだけじゃ、足りない？」

震えながら発した千尋の言葉に、亮介が怪訝そうな顔をする。亮介の目をじっと見つめて、千尋は言った。

「お願いだ、亮介。秀介さんを陥れるようなことを考えるのは、もうやめて」

「千尋……？」

「僕は秀介さんを愛してる。他の誰よりもあの人を。でも亮介がそうしたいなら、ずっと僕のことを好きにしていいよ。亮介が望むならいつだって抱かれるし、どんな恥ずかしいことだってする。だからもう、秀介さんにはっ……！」

――手を出さないで欲しい。

そう言おうとしたけれど、ぐっと感情がこみ上げてきたから、それ以上言葉が続かなかった。こらえ切れず涙をこぼした千尋を、亮介が目を見開いて凝視する。

自らそんなことを言った千尋に、驚いているのだろうか。

目を逸らしてはいけないと思い、その双眸をじっと見返していると、やがて亮介がキュッと眉を顰めた。そして低く感情のない声で命じてくる。

「……へえ、そうかよ。だったら今すぐ俺の目の前で、自分でアレを扱いてみろよ」

「え……」

「なんでもするんだろ？　だったら今ここでオナニーしてみせろ。イクまでちゃんと見ててやるからよ」

卑猥すぎる命令に、一瞬何を言われたのかわからなかった。

だが亮介は、なぜだか怒りを抑えたような表情でこちらを見据えたまま、微動だにしない。どうしていきなり、そんなふうに怒って――――？

「さっさとしろよ。俺は仕事があるって言っただろ？」

「亮、介……」

押し殺したような声音に、ゾクリと背筋が震える。嫌だなどと言ったら、何をしてくるかわからない。そんな恐れに、抗う気持ちを挫《くじ》かれる。

（やるしか、ないのか？）

誰かに見られながら自慰をするなんて、めまいがするほど恥ずかしいが、確かに自分で言い出したことだ。千尋はゴクリと唾《つば》を飲んで、ズボンの前を開いた。

でも恐る恐る下着の中に手を入れてみたところで、決心がつかず固まってしまう。

すると亮介がチッと舌打ちをして、いきなりシャツの前を力任せに開いてきた。

「……っ！」

「もたもたしてんなよ。下全部脱いで、床に座って股を広げるんだ。尻の孔まで見えるくらいにな」

容赦のない命令に胸が痛くなる。今さらできないなどと言っても、亮介は許してくれないだろう。

千尋は言われるまま下を脱いで、キッチンの冷たい床に尻をついた。冷蔵庫にもたれるようにして膝を立てると、亮介が足で乱暴に千尋の股を開かせて、局部を露《あら》わにしてきた。

まだ反応していない千尋自身を見下ろして、亮介が何か思いついたような顔で言う。

「そうだ。せっかくだから撮ってやるかな。千尋のオナニーショーなんて、貴重だからな」

「……っ?」

亮介が携帯電話を取り出してカメラをこちらに向けたから、慌てて肢を閉じようとしたが、膝を蹴《け》られて開かされ、腿をぐっと踏みつけるようにされて、閉じることを許されなかった。

ざらりとした声で、亮介が命じる。

「ほら、やれよ。あんたがなんでもするって言い出したんだぜ? ちゃんと動画撮っといてやるからよ、色っぽいとこ見せてみろや」

そう言う亮介の目には、仄暗《ほのぐら》い嗜虐の悦びが見える。千尋を恥ずかしい目に遭わせるのが楽しくて仕方がないと、そんな気持ちを隠そうともしていない。激しい恥辱感に、また涙がこぼれる。

亮介が千尋を執拗に抱くのに、何か特別な感情の存在を疑ったりもしたが、結局亮介は、千尋をもてあそびたかっただけなのだ。そこにはどんな感情もなかったのだ。

そう思うと心底哀しい気持ちになってくる。

せめて自分がこれをすることで、秀介の政治生命を守れるなら――――。

千尋を支えるのは、もうそんな悲壮な思いだけだ。片手で根元を支えるようにして、千尋は欲望に指を滑らせ始めた。

「……っ、ん、は……」

自宅のキッチンで亮介に自慰を強いられ、それを撮影される。

まさかこんなことになるなんて思ってもみなかったが、亮介が家に来たときから、心の隅にうっすら危機感はあったように思う。

でも千尋は、それを見ようとしなかった。何度も犯され、こんな恥ずかしい目に遭わされているのに、千尋の中には亮介を信じたい気持ちがあるのだ。

（……亮介の気持ちが問題なんじゃない。これは、僕の問題だったんだ……）

いっそ憎めたらいいのにとか、嫌いになれたらとか。

そんな思いが頭をかすめるということは、そうできないということだ。

亮介に何をされても、千尋は亮介を嫌いにはなれない。自分でもなんとも説明のつかない思いを、千尋は亮介に対して抱いているようだ。

それはこの十年、ずっと胸に抱いてきた感情と、どこか重なるところがあって――――。

「だいぶ濡れてきたな。それ塗りたくって、もっといやらしい音立ててみろよ」

「ん、んっ……！」

自身を自ら扱く千尋の手元を注視して、亮介がそんなことを言ってきたから、ゾクゾクと背筋が震えた。こんなことを強いられるのは恥ずかしいばかりのはずなのに、欲望はすっかり育って、はしたなく透明液を滴らせている。

くちゅ、くちゅと水音が立つたび、その音までも携帯電話で記録されているのだと思うと、脳髄が焼き切れてしまいそうなほどの羞恥心を覚える。

「おい、我慢してねえでもっと声を出せ。ヤってるとき、よがりながらあいつの名前呼んだりしてんだろ？」

「そ、なっ、こと」

「あいつに触られてるって思って扱いてみろよ。ほら」

「や、そんな、恥、しい、こと……！」

そう言って首を振ったが、亮介の言葉で秀介と抱き合っているときのことを想像してしまって、ビクンと腰が震える。ククッと喉を鳴らして笑って、亮介が言う。

「おいおい、今尻が震えたぜ？　ったく、やらしいなあんたは。兄貴のこと想像して、物欲しくなったのかよ？」

「ち、違っ」

「ちょうどいいから後ろもいじってみろよ、自分の指で。中までちゃんと録画して、あとで見せてやるからよ。あんたの中、結構綺麗な薔薇色《ばらいろ》してんだよ」

「……っ」

耳を塞ぎたくなるような言葉に、ぐっと口唇を噛む。そんなことまでさせられるなんて、頭がどうにかなってしまいそうだ。

でもきっともう、逆らったところでどうにもならないだろう。座ったまま腰を上向かせ、後ろに指を這わせて窄まりをまさぐり始めると、亮介が千尋の前に屈《かが》んで、ぐっと携帯電話を近づけてきた。

たまらずすすり泣きながら、千尋は指を中に沈め、自ら後ろを指で掻き回した。

「う、う、はぁ、あっ」

自分で前を扱きながら後ろもいじるなんて、もちろん初めての経験だ。気持ちの悪さや恥辱感、それでも感じてしまう自分への嫌悪感に、意識がグラグラと揺らぐ。

だが今の自分には、こうするより他にどうしようもない。千尋は必死に指を動かし、欲望を手で擦り立てた。

すると亮介が、なぜだかまた眉根を寄せ、苛立った声で言った。

「……ホントになんでもやるんだな、あんた。さすがにちょっとムカついてくるぜ」

「な、んでっ……？　亮介が、こうしろってっ、言った、からっ」

「俺のせいにすんなよ。全部兄貴のためにやってんだろうが」

そんなこと、当たり前だろうと言いたかったが、これ以上亮介の機嫌を損ねたくなくて言葉をのみ込んだ。

泣きながら自慰を続けていると、亮介が絡みつくような声でさらに命じてきた。

「指、もう一本挿れて孔広げて、奥までよく見せろよ。前ももっと激しく擦って、いやらしい顔でよがってみせろ」

「や、そ、なっ、でき、なっ」

「やれよ。兄貴がどうなってもいいのか？」

「う、うう……！」

泣きごとを言っても無駄だと思い知らされ、言われるまま指を二本に増やして、後ろを左右に押し開きながらまさぐる。そうしながら前を扱く速度を速めると、もう何がなんだかわからなくなってきた。卑猥すぎる行為を強いられ続けて思考も感情も振り切れ、体が浅ましく快感だけを追っていく。

「はあっ、あぅ、りょ、すけっ、も、許、してっ」

「は？　何を許せって？」

「達、きそう、も、達、ちゃう、からあっ」

このまま達きたいのか達きたくないのか、自分でももうわからぬまま、激しく前を擦り立て、後ろを指でぐちゃぐちゃと掻き混ぜる。亮介がクッと笑って告げてくる。

「へえ、あんた、達きてえのか。けどキッチン汚しちまっちゃまずいよなあ？　しょうがねえ、達き顔撮れねえのは惜しいが、俺が手伝ってやるか」

「……っ、えっ……？」

亮介が携帯を床に置き、いきなり欲望の根元を手でギュッと押さえてきたから、うつろな目でその顔を見上げた。もう片方の手で、濡れそぼった雄を握る千尋の手を上から握って、亮介がニヤリと笑みを浮かべる。

「いいぜ。許してやるから達けよ。ただし、出すのは許さねえからな？」

「な、に、言って……？　ぁあああ、やぁ、あああっ」

欲望を握る手を激しく上下に動かされて、上体が仰《の》け反《ぞ》るほどに感じさせられる。

そのままひと息に達かされてしまうかと思ったが、なぜだかそうはならなかった。

亮介に根元を押さえられているせいで、射精感が高まってこないのだ。腹の底で欲望がグラグラと滾《たぎ》っているのに放出を抑制され、絶頂に達することができない。

出口のない快感に激しく体を苛《さいな》まれ、千尋の自意識が侵食されていく。

「ひううっ、やああっ、てっ、手を、離してえぇっ」

「駄目だ。このまま達け」

「ひぃ、いやああっ、ぃ、けないっ、達けないぃぃいっ」

ぶんぶんと首を振って泣き喚《わめ》くけれど、亮介は千尋を抑制したまま幹を擦り続ける。

気が変になりそうなほど感じさせられるものの、どうしても達することができずに、千尋が苦しげな呻きを洩らし始めると、亮介がチッと舌打ちをした。

「やっぱ中いじってやんねえと無理か。じゃあ前は自分で擦ってろ。後ろを触ってやる」

「ううっ、はあ、あああっ！」

亮介が根元を押さえたまま欲望を扱く手を離して、今度は後孔に指を二本、ズブリと挿し入れてくる。そして中を探って感じる場所を見つけ出し、指の腹でゴリゴリと転がすように刺激し始めた。千尋の嬌声《きょうせい》が、悲鳴に変わる。

「ひああ、ゃあああっ、そこっ、いやあああっ」

強烈な悦楽にいたぶられ、もはや自分を保てぬほどに感じて、腰がビクビクと跳ねる。我を忘れて前を扱くと、亮介が指をさらに激しく動かして、後ろを刺激してきた。鮮烈な快感に、やがて背筋がゾクゾクと痺《しび》れたようになり――――。

「ふぁ、ああっ、ああぁ――――！」

体に電流を流されたような衝撃が、千尋の中を駆け抜けた。

それがオーガズムだったのだと気づいたのは、ほんの一瞬あとだ。亮介が千尋の顔を見つめて、ほうっと一つため息を洩らす。

「いい達き顔だぜ。ドライで達ったの、初めてか？」

亮介の言葉の意味がわからず、焦点の定まらない目で見上げると、亮介がこちらを見返して小さく首を振った。

「けど、やっぱムカつくな。結局みんな兄貴のためじゃねえか。あんた、そんなにあいつに惚れてんのかよ?」

亮介が吐き捨てるように言って、千尋を見据えてくる。

その顔には、なぜだかひどく傷ついたような表情が浮かんでいた。そんな顔をされるなんて思いもしなかったから、驚いてしまう。

「ど、して、そんな顔、するの……? なん、で……?」

「……るせえっ」

亮介が苛立たしげに言って、千尋から手を離す。ふいっと顔を背けて、亮介が訊いてくる。

「なあ、千尋。あんたは地下室のことも、あいつがどうやって勅使河原の後継者になったのかも、何も知らないんだろう?」

「……?」

「あいつの汚ねえ部分を知っても、それでもあんたは、そんなふうに健気でいられるのか。あいつを愛してるなんて、言えるのかよ……?」

「汚い、部分、て……?」

独りごちるような口調を訝しく思い、問い返したけれど、亮介は何も言わない。

そのまま黙って立ち上がって、キッチンを出ていってしまう。

いていた。

「亮、介?」

名を呼んでも、亮介は答えなかった。千尋は困惑したまま、亮介が玄関を出ていく音を聞いていた。

(秀介さんの汚い部分って、なんなんだろう……?)

思いもかけぬ亮介の言葉に、千尋は戸惑っていた。

いつでも清廉潔白、曲がったことが嫌いで、常に真摯に物事に接する秀介。

彼に汚い部分があるなんて、千尋にはまったく想像ができない。彼が勅使河原の家の後継者になったのだって、亮介が屋敷を出ていってしまった以上自然の成り行きとしか思えなかったし、そこに何か特別な事情があったようには、千尋には見えなかった。

でも亮介は明らかに何か知っているようだった。二人の間には、何かまだ千尋の知らない因縁があるのだろうか。

(僕は、知りたい。秀介さんのことも、亮介のことも)

元々二人は兄弟で、自分は他人なのだから、二人にしか知り得ないことがあっても、もちろんおかしくはないとは思う。

けれどいざ目の前にその事実を突きつけられると、千尋はなんだか収まりの悪い気持ちになる。三人でいた昔はそんなふうに思うこともなかったから、もしかしたらその関係性に郷愁を抱いているだけなのかもしれないが、望もうと望むまいと、今の千尋は二人の間に立たされている。秀介が亮介を疎む理由も、亮介があんなにも秀介を憎んでいる理由も、どちらも切実に知りたくなってくるのだ。

亮介がほんの一瞬垣間見せた、あの傷ついたような表情の意味も。

「……やっぱり、秀介さんの書斎かな」

夜の勅使河原の屋敷には、もう使用人も誰もいなかった。

亮介が帰ったあと、借用証とやらの件がどうしても気になって、千尋は独り屋敷へとやってきた。盗み出さずともせめて見るだけならと思い、それがしまわれているという秘密の隠し部屋を探しているのだが、まだ入り口すらも見つけられずにいる。

本当はそんな部屋は存在しないのではないかと思いながら、千尋は最初に見に来た秀介の書斎へと戻ってきたのだが——。

(あれ？　あそこの本棚、あんなふうになっていたっけ？)

ふとデスクの後ろの書棚が気になって、千尋はゆっくりと歩み寄った。

壁に沿って作りつけられていて、手前の棚が可動式になっている、ごくありふれた書棚だ。その奥の棚の、秀介の専門分野である法律関係の本の並びが、一か所不自然にズレているのだ。何気なく本を数冊抜き取ってみると、そこには本棚と同じ木材で作られた小さな扉があった。端に指をかけて開いてみると。

「……これは、何かの開け口……?」

そこにあったのは、半月型の取っ手を起こして回して開けるタイプのドアハンドルだった。

ハンドルを回してみると、書棚の奥が扉のように開いて、パッと照明が点《つ》いた。

そこにコンクリートむき出しの壁と階段とが見えたから、心拍が大きく跳ねる。

本当に地下室が存在したのだ。

一瞬逡巡したが、ここまで来たらと思い、恐る恐る階段を下りていく。

地下は六畳ほどの部屋になっていて、ダンボール箱や木箱が積まれたスチール製の棚と、作業用の事務机があった。部屋の奥のほうには、大きな古めかしい金庫もある。

でも、それは古すぎてもはや金庫としての役割を果たしてはいないようで、扉がズレてわずかに開いていた。

千尋は吸い寄せられるように、その分厚い金属の扉の前に歩み寄った。ためらいながらも中を覗くと、そこには――――。

(……現金、だ……。こんなに、たくさん……!)

帯のかかった、札束の山。

日常生活でここまで多額の現金を目にすることなどなかったので、一体いくらくらいになるのか、パッと見ただけではまったく見当もつかなかった。

現実感が湧かず、クラクラしながらさらに中を見てみると、書類ケースの中に無造作に積まれた書類もあった。書類の一番上には大きめの文字で借用証と書いてある。もしやこれが、亮介の探していたものなのだろうか。

(でも、なんだかおかしくないか、これ?)

借用証には、相手方らしき法人の名と金額、それに秀介の署名が書いてあるのだが、それ以外の記載がほとんどない。

金の貸し借りをするからには、普通は返済期限や利息などの条件が書いてあるものだろうし、こうした書類には印鑑も押すはずなのに、それがないなんてまともな書類とは思えない。亮介が「シンプル」と言っていたのは、こういう意味だったのだろうか。

借りた本人がこの書類を持っているのも、なんだかおかしい。これが副本か何かだったとしても、こんなところに現金と共に置いてあるということは、議員事務所の正規の会計には載っていない種類のものだろう。

――――つまりこれは、裏金。

そう思い至って、背筋にヒヤリと冷たい汗が流れる。これが亮介の言っていた、秀介の汚い部分とやらなのだろうか。

一体誰から借りているのだろうと、借用証を一枚一枚見てみるけれど、千尋の記憶にはない法人名ばかりだ。怪しすぎる状況に焦燥感を覚えながら、名前を確かめていくと、一つだけ頭の隅に引っかかった企業名があった。

それはとある飲食店チェーンを経営する企業だった。以前秘書仲間との会合で小耳に挟んだだけの情報ではあるが、少々黒い噂《うわさ》のある企業で――。

「貴様！　そこで何をしているっ」

鋭い声に驚いて、ハッと階段のほうを振り返る。

するとそこには秀介が立っていて、こちらを凝視していた。秀麗な顔に驚愕の表情を浮かべて、秀介が言う。

「……千、尋……？　おまえ、なぜ……」

「秀介、さん」

秀介の予期せぬ帰宅に驚いて、声が震える。

秀介も予想外だったのだろう、絶句してこちらを見つめたまま階段下から動こうとしない。

あまりにも致命的な状況に、膝までがガクガクと震えてきてしまう。

でも、この借用証と現金のことはどうしても気になる。千尋はゴクリと唾を飲んで、秀介に訊ねた。

「秀介さん、これは一体なんなのですか？　どうしてこんなところに、隠して……？」

千尋の弱々しい言葉に秀介は答えず、黙ったままこちらを見つめているばかりだ。千尋は焦《じ》れて、さらに言葉を続けた。

「これ、裏金じゃないんですか？　この貸主って、一体どういう……」

「おまえにこの部屋のことを教えたのは誰だ、千尋」

「えっ……」

「亮介か？　……いや、奴ならおまえに教える前に、まず自分が来るか。子供の頃からこの部屋に入りたがって、何度も侵入を試みては父に見つかっていたからな。そのたびに座敷牢《ざしきろう》に閉じ込められて、手酷く折檻《せっかん》されていたものだ」

「座敷、牢？」

不穏な言葉にギョッとして、思わず訊き返したが、秀介は答えぬままゆっくりとこちらへ歩いてきた。静かに威圧するように千尋の目の前に立ち、険しい目をしてこちらを見下ろしながら、抑揚のない声で告げる。

「何か様子が変だとは、ずっと思っていたのだ。このところのおまえの態度は、どう考えてもおかしかったからな。おまえは一体何を隠しているのだ、千尋」

「秀介さん、ぼ、僕は……」

「もしやその借用証のことも、誰かから聞いたのか？　これのことは本当にごく限られた人間しか知らない。おまえの返答次第では、私にとっての真の敵が明らかになる。場合によっては政局にも影響が及ぶことになるだろう。これはそのくらい、重要なものだ」

（……秀介さんにとっての、真の敵……？）

つまりこれを手に入れたがっている人間は、秀介を陥れようとしている敵かもしれないということだ。亮介がどうやって情報を入手したのかはわからないが、もしかしたら秀介の傍に、彼を裏切ろうとしている人間がいる可能性があるということにもなる。これの存在を千尋に話したのは亮介だと、素直に打ち明けるべきだろうか。

(でもそれを話したら、亮介との関係を知られてしまう。そのせいで秀介さんに嫌われてしまったら、僕は……！)

そんな不安を感じて、言葉が出てこなくなる。俯いてしまった千尋に、秀介が語気を強めて訊いてくる。

「答えろ、千尋。おまえは誰に私の秘密を聞いたのだっ」

「……あっ、い、痛っ……！」

秀介に肩をつかまれ、亮介に噛まれて吸いつかれたところに痛みを覚えた。秀介が一瞬不審そうな顔をして、それから肩に視線を落とす。そのまま千尋のシャツの襟元を広げようとしてきたから、千尋は慌てて叫んだ。

「や、嫌、ですっ、見ないでっ」

肩の噛み痕を見られたくなくて抵抗しようとしたが、それがさらに不審を煽《あお》ったようで、秀介が千尋の顎をつかんで首を捻るようにしてくる。

ガッと襟を広げ、千尋の肩にあるものを目にして、秀介が唸るような声で言う。

「なんだ、これは。一体誰が、こんなものを」

「……ぁ、ああ……、ごめんな、さいっ……、ごめんなさいっ……！」

肩を見られた瞬間、ずっと秀介を欺《あざむ》いていたことへの呵責《かしやく》が堪《た》え難いほどに膨らんでしまった。泣きながら謝罪の言葉を繰り返す千尋に、秀介が目を見開く。

「千尋、何を泣いて……？」

怪訝そうな、秀介の声。

だがその秀麗な顔には、徐々に何事か悟ったような表情が浮かんでくる。今までに聞いたこともないような冷たい声で、秀介が告げる。

「……なるほど、そうか。そういうことか……。どうやら、悪い虫がついたようだな」

「秀介、さん」

「男、だな？　おまえは私以外の他の誰かに、その身を開いたのだな？」

「許してっ、許して、くださいっ……、あっ、や、やめ……！」

力任せにシャツを引き裂かれ、上半身を露わにされる。

胸に二つ、喉に一つ。千尋を犯すたび亮介が残していたキスマークの名残《なごり》が、秀介の視線に曝される。感情のない金属的な声で、秀介が言う。

「やはりそうか。おまえに限って、こんなことにはならないだろうと思っていたのだがな」

「しゅ、すけ、さんっ」

「失望したよ、おまえには。まさかこの私を裏切るとは」

秀介が言って、口の端に薄い笑みを浮かべる。

「この体で私を裏切ったなら、すべて体に聞いてやろう。誰がおまえを誘惑したのかを。おまえを汚した者の名をな」

心が凍りそうなほどの冷たい声に、涙が止まらない。

後悔と恐れとで震えながら、千尋は秀介の顔を見返していた。


「待たせたな、千尋」

「秀介、さん……」

床から天井まで伸びている重い鉄格子の向こうに、小ぶりの柳行李《やなぎごうり》を手にした秀介の姿を認めて、千尋は震える声で名を呼んだ。

天井の高い板の間の一角を区切った、四畳半ほどの広さの畳敷きの座敷牢。

子供の頃から勅使河原の屋敷には何度となく訪れてきたのに、離れの日本家屋にこんな部屋があるなんてまったく知りもしなかった。どんよりとした閉塞感に恐怖心を掻き立てられて、胸が苦しくなってくる。

秀介が鉄格子の下にある小さな扉から中に入り、ガシャンと音を立てて閉めるのを怯《おび》えながら見つめていると、秀介が傍らに柳行李を置いて静かに言った。

「何年ぶりだろうな、この部屋に入ったのは。幼い頃はよく閉じ込められていたものだが」

「秀介さん、が？」

「亮介もな。ここは勅使河原の家の、秘密の牢獄だ」

秀介が言って、畳に寝転ばされている千尋をねめつけるように見下ろす。千尋のむき出しの上半身が、羞恥で朱に染まっていく。

千尋の裸の上半身は、淫靡な紅色の縄で拘束されている。先ほど秀介に腕を背後に回されて括《くく》り上げられ、身動きを封じられたのだ。身を捩るたび縄が皮膚に食い込む感触に焦燥感を覚えていると、秀介がおもむろに壁へと歩み寄った。

座敷の壁には何かのハンドルと、大きな鉄の金具が嵌められていて、そこには天井付近から伸びたフックのついた縄が固定されている。縄は千尋を縛り上げているものよりも太く、天井の梁《はり》に取りつけられた滑車から伸びていて、秀介が壁の金具からフックを外すと、滑車から直接畳の上に垂れてきた。

一体何をするつもりなのだろうと、戦慄しながら秀介を見つめていると、秀介がこちらへやってきて、垂れた縄の先についたフックを千尋の背中の縄に引っかけるようにしてきた。そしてまた壁際へと戻り、ゆっくりとハンドルを回し始める。

千尋の体が、ふわりと宙に浮き始める。

（吊り上げ、られてっ……？）

経験したことがないほどの恐怖心を覚え、体が震えてくる。

いつも優しく穏やかで、千尋を温かい愛で包み込んでくれていた秀介。

そんな彼が、千尋を怪しげな座敷牢に閉じ込めて半裸にし、縄で縛って吊るしてくるなんて、我が身に起こっている現実が信じられない。そんなにも秀介を怒らせてしまったのだと思うと、自分の不徳を呪《のろ》いたくなる。

亮介のことなど気にかけず、ただ秀介に愛されていれば、きっとこんなことには――――。

「これくらいでいいかな」

かろうじてつま先が畳につくくらいの高さまで千尋の体を吊り上げて、秀介がこちらへとやってくる。

「ふふ、怯えているのか？　だが何も怖がることはない。おまえが隠していることをすべて話せば、こんなものすぐに外してやろう」

秀介が言って、千尋の顎に手をかけ、顔を上向かせてくる。

「だが、まずは体を検分してやらなくてはな。おまえがどれくらい汚されてしまったのか、私が見てやらねば」

「つっ……」

胸と喉にあるキスの痕を、秀介に指先でキュッとつままれて、微かな痛みを覚える。

数日前に亮介がつけたそれはもう茶色く色が変わっていたが、千尋は色白な肌をしているため、どうにも隠しようがないほど目立ってしまう。

それをじっと見つめて、秀介が訊いてくる。

「これをつけられたのはいつだ、千尋」

「そ、れは……」

「まさか私が留守の間、間男をこの屋敷へ招き入れたのではあるまいな？」

「……！　ち、違います！　このお屋敷には、誰も……！」

「ではどこで不貞を働いた。この噛み傷も、その男がつけたものか？」

秀介が言葉を切って、千尋の首をグイッと捻り、肩の噛み傷を露わにする。

息がかかるほどそこに顔を近づけて、秀介が囁く。

「ひどい傷だな。歯列の形に内出血の痕がついている。見た目以上に傷が深いようだ」

秀介が思案げな顔をして首を傾げ、さらに言葉を続ける。

「恐らく、肩の筋肉がかなりのダメージを受けているな。噛まれたときは相当痛かっただろう？　痛みで悲鳴を上げたのではないか？」

「……っ」

こと細かに傷や痣の状態を検分され、何やら言いようのない恐怖を覚える。秀介が薄い笑みを見せて、言葉を続ける。

「だが、これは情事の名残なのだろう？　こんなものを残すとは、随分と自己顕示欲の強い男のようだ。まるでおまえは自分のものだと、大声で喧伝《けんでん》したがっているようではないか。実に下品なことだな」

そう言って秀介が、乾いた声で囁く。

「おまえはそんな男がいいのか。呆気ないものだな、心変わりとは」

「しゅ、秀介さん、違うんです！　僕が想っているのは、ずっと、秀介さんだけでっ……」

すべてを話してしまうわけにはいかず、さりとて心変わりを疑われるのは堪え難くて、そんな言い訳をしてみるけれど、秀介は冷笑しただけだ。千尋のズボンのベルトに手をかけて、吐き捨てるように言う。

「心は言葉でいくらでも誤魔化せる。だが、体はそうはいかないぞ？」

「秀介さん、待ってくださっ……、あぁっ……！」

ベルトを外され、下着ごと脱がされて全裸にされて、小さく悲鳴を上げた。

上体を括る縄以外何も身につけていない千尋を眺めて、秀介が抑揚のない声で言う。

「……少し痩《や》せたかな。だが、相変わらず艶やかな肌をしている。おまえの素肌は、まるでシルクのようだ」

「……っ」

「おまえのツンと勃った乳首の色も好きだよ。桜貝のような淡い色合いがたまらなく綺麗だ。

下生えの薄い局部も、果実のような雄の証《あかし》も。おまえは本当に、どこもかしこも美しい」

ことさらに甘やかな秀介の言葉に、カッと頬が熱くなる。

秀介の前に裸身を曝すのは、今までなら恥じらいはありつつも、これから愛し合うのだという予感に心ときめく瞬間だった。けれど彼の怒りを買い、縛られて吊るされているこの状況では、体を見られるのはまるで視姦でもされているかのようだ。

舐るような視線に耐えていると、秀介が千尋の腰に腕を回してきて、千尋は吊られたまま体を抱き寄せられた。頭上で滑車がキイッと音を立て、千尋の足が畳から浮き上がる。

「……う、ぅ!」

足先で支えていた体重がすべて縄にかかったためか、上体を締めつけられたように感じ、知らず心拍数が上がった。口唇が触れそうなほど顔を近づけて、秀介が訊いてくる。

「どうした、千尋。私に体を見られるのが嫌なのか?」

「い、や、です……、こんな、姿……」

「情事の痕が気になるか? こんなもの、私がいくらでも上書きしてやるぞ?」

秀介が言って、亮介がキスの痕をつけた喉に口唇を押し当て、キュウっと吸いついてくる。

「……ぅ、く……!」

痣の上から重ねられるキスの痛み。秀介の口唇から強い独占欲を感じて、身震いしそうになる。胸の二つの痕にも同じように吸いついて、最後に肩の噛み傷にも口唇を近づけてきたから、痛みを覚悟して身をすくめた。

けれど秀介は、そこにはチュッと口唇を押し当てただけだった。

千尋の肩に顔を埋《うず》め、深いため息をついて、秀介が訊いてくる。

「この体に触れたのは誰だ、千尋。私の知っている男か？」

「……っ」

「おまえはその男に、屋敷の地下へ忍び込むようそそのかされたのか？　おまえは私の敵なのか？」

「そ、そんなことはありませんっ……」

「ではなぜおまえはあそこにいた。誰に何を吹き込まれたのだ」

「……それ、は……」

一瞬、何か作り話をしようかと思ったが、千尋が思いつくような嘘など、きっと秀介は見抜いてしまうだろう。千尋は震える声で答えた。

「……お話しすることは、できません」

「話せないだと？」

「はい……。あ、んっ……！」

千尋の体を抱き寄せたまま、秀介がいきなり双丘をつねるようにつかんできたから、甘い痛みに声が震えた。愛撫するように尻たぶを揉みしだきながら、秀介がさらに訊いてくる。

「間男の名も言えぬというのか……。それは、おまえが自ら体を差し出したからか？　己が欲望に負けたことを、認めたくはないからか？」

「ち、違います、そうでは、なくてっ……、あ、ぁっ」

秀介がつっと狭間に指を這わせて、千尋の窄まりをなぞってくる。

反射的にそこを締めるように力を入れたけれど、秀介はねじ込むように指を挿《さ》し入れてきた。探るように中を指でまさぐって、秀介が言う。

「何が違う？　おまえはここに、その男のモノを受け入れたのだろう？」

「……あっ、あ、ん……！」

指を二本に増やされ、窄まりを開くように掻き回されて、上ずった声が洩れてしまう。そこは以前よりも柔軟で、秀介の指の動きに反応してすぐに解けてくる。

秀介が冷ややかな目をして告げる。

「随分と淫らじゃないか、千尋。そら、もう解けてきたぞ？　おまえのここは、いつの間にこんなにはしたなくなったのだ？」

「ううっ、やっ！　ぁあ……！」

指先で泣き所をくるりとなぞられて、ビクビクと体が跳ねた。そのたびに滑車がキイキイと鳴り、縄が上体の皮膚に食い込んでジンとした圧迫感を覚える。

秀介が目を細めて、思案するように言う。

「中の様子がいくらか変わっているな。私の知っているおまえとは、何か少し違うようだ」

(中が、変わって……？)

自分ではまったく自覚などなかったが、確か亮介もそんなようなことを言っていた。亮介に馴らされ、いやらしく変化した姿を秀介の前に曝してしまう不安に、心拍が速まる。

「反応を見てやろう」

秀介が言って、千尋から指を引き抜き、体をくるりと反転させて手を離す。体がふわりと揺れ、千尋のつま先がまた畳につくと、秀介が千尋の背後で、柳行李の中を探り始めた。

何をされるのかと不安に思っていると、ややあって秀介が、千尋の右膝に縄を通し、開脚するように高く持ち上げてきた。

「やっ、秀介さんっ、こんな、格好……！」

羞恥に頬を染めて身を捩るが、そのまま縄を固定され、狭間を大きく曝け出した格好にさせられてしまう。秀介が背後に立ち、千尋の肩に顎を乗せてふっと笑みを洩らす。

「とても綺麗だよ、千尋。おまえはどんな姿をしていても美しい」

そう言って秀介が、肩の嚙み傷にまたチュッと口づける。

「だが、おまえの中は汚されてしまったようだ。どんなふうにされたのか、しっかりと確かめてやらねばな」

「……確かめ、る……？　……ぁあっ、く……！」

前触れもなく後ろに何か硬くて冷たいものを挿入されて、尻がビクンと震えた。

指よりも太く長さのあるそれは、表面が比較的つるりとした形状をしていて、摩擦感や抵抗感もなく千尋の中へとのみ込まれていく。

だが温度のない無機質なものを体に挿れられるのはひどく不快で、じんわり汗が浮かんでくる。恐らくそれが抜けてしまわぬためにだろう、秀介が千尋の股に縄を渡して括り、どこか淫猥な声で告げてくる。

「動かすぞ？」

「……っ？　ぁあっ、やあっ！」

カチリ、と何かのスイッチが入った音に続き、体内に入れられたものがウィンウィンと音を立てて振動回転し始めたので、叫び声を上げてしまう。

いわゆる、性玩具《せいがんぐ》の類《たぐい》のものだろうか。内腔をうねうねと掻き回されて、嘔吐感がこみ上げる。千尋はいやいやをするように首を振った。

「いやあ、こんな、嫌ですっ、抜いてっ、抜いてぇえ」

あまりの気持ち悪さに、腹圧をかけて外に出そうとするが、縄で固定されたそれを排出することはできなかった。腰を跳ねさせて身悶《みもだ》えてみるが、いたずらに内壁を擦られるばかりで異物感を逃がすこともできない。秀介が玩具の底の部分に手を添えながら訊いてくる。

「不快か？　こうしたら、どうだ？」

「……っあ！　ひうぅ、くぁあああっ！」

性玩具の先端が感じる部分にダイレクトに当たるような角度にされ、千尋の体が電流を通されたかのようにビンビンと跳ねる。

腹の底を掻き混ぜられるような、強く激しいバイブレーション。

千尋の体幹に走るのは、手で触れられるのとも雄で擦られるのとも違う、機械的な刺激による強制された快感だ。感情も思考も無視してダイレクトに欲望だけを昂《たか》ぶらされ、千尋自身がピンと天を突く。秀介が眉根を寄せて言う。

「後ろが以前より敏感になっているようだな。前が反応するのが早い。そら、もう蜜を滴らせているぞ？」

「ふぁっ、い、やっ、触っちゃっ、ぁあ、あああ」

はしたなく透明液を洩らし始めた自身を指先で撫でられ、拒絶を放つけれど、中を激しく刺激されながら前に触れられたら、一気に射精感が募った。堪える暇もなく、体内の性玩具をキュウキュウと締めつけながら絶頂に達してしまう。

「ひぁあっ、ああっ、ふうぅっ――――」

内奥からドンと押し出されてきたような、大量の吐精。

快感が強すぎて目が焦点を結ばない。パタパタと畳に滴り落ちた千尋の白蜜を見下ろして、秀介が驚きの色を滲ませて言う。

「もう達してしまったのか？　こんな玩具でいとも簡単に……。おまえのここは、ひどくいやらしくなってしまったのだな？」

「そ、なっ、言わなっ」

秀介に言葉でいたぶられ、哀しくてまなじりが濡れる。

やはり、千尋の体は変わってしまったのだ。秀介に開かれ、亮介によって奪われた千尋の体は、中を手酷くいじられても快感を拾ってくるような淫乱な体になってしまったのだ。

ありありとそう気づかされ、千尋の頰を涙が伝う。

千尋の耳朶に口唇を寄せて、秀介が鋭く告げてくる。

「言え、千尋。おまえをこんなふうにした男の名を。私がそいつを殺してやる」

「ひっ……、だ、めですっ、そん、なっ！」

「なぜだ。私はおまえを本気で愛してきたのに、おまえはその男のほうが大事なのか？」

「ち、違っ、ぁあぁ、ああああッ……！」

カチリと性玩具のスイッチを動かされ、刺激をグンと強くされて、上体がビクビクと大きく跳ねた。

先ほどとは段違いの激しくうねるような動きで、達したばかりの内腔をぐちゃぐちゃと掻き回されて、気が遠くなるほど感じさせられる。蜜液を放ったばかりの濡れそぼった欲望も、触れられもせぬままにまたピンと勃ち上がり、残滓《ざんし》と共に透明液を垂れ流し始める。

「はぐううっ、ぃや、もっ、いやぁあああ！」

もはや苦痛と隣り合わせの快楽に、徐々に自分を保つことすら危うくなってくる。緩んだ口唇からたらたらと唾液が滴ってくるのを、止めることもできない。

先ほどの放埓《ほうらつ》のピークから降りることができないまま、千尋は再び白濁を絞り出された。

「うぅっ、あう、うぐうっ……」

立て続けに二度も達かされ、気が変になりそうだ。

間欠泉のように蜜を放出するたび膝がガクガクと揺れ、滑車にかかった縄がキシキシと音を立てる。性玩具の動きを弱めて、秀介が哀しげな声で呟《つぶや》く。

「なぜなのだ、千尋……。私はこんなにもおまえを想っているのに、なぜ……」

——自分だって、誰よりも秀介を想っている。

そう言葉を返したかったけれど、絶頂の余波で体が痺れたようになって、声を発することもできない。ただ秀介の哀しみを帯びた言葉だけが脳裏にこだまして、切ない気持ちになってくる。

千尋は決して、こんなふうに秀介を哀しませたかったわけではなかった。何もかも秀介のためを思ってしたことだったのに、結果として秀介に辛い思いをさせてしまったのだと、胸がキュウっと締めつけられる。

でもすべて仕方のないことだった。なぜなら亮介とのことは、秀介には話せないことだったのだから――。

（……、本当に、話せないこと、だったのか？）

まともに働かぬ頭にふとそんな疑問が浮かんで、千尋は微かな混乱を覚えた。

亮介に犯されていることを、秀介には絶対に話せないと思ってきた。

自分の無防備さのせいで恋人でない他の男に抱かれたのだから、罪悪感を覚えたことも一つの理由だ。相手が亮介であったし、話せば嫌われてしまうかもしれないと、秀介の心が冷めてしまうのを恐れていたということもある。

でもこんなにも自分を愛してくれている情の深い秀介が、そんなことで恋人を嫌いになったりするような狭量な男だろうか。秀介なら、亮介に二人のスキャンダラスな写真を撮られて脅され、レイプされたと話せば、すぐに力になってくれたかもしれないのだ。

なのになぜ、そうしようと思わずにずっと亮介が求めるままに抱かれ続けていたのだろう。体を淫らに変えられてしまうほどに、何度も何度も。

今さらのようにそんな疑問が湧いてくる。

昼間千尋は亮介に、千尋自身が秀介の政治生命を危うくしかねない存在であることに気づかされた。もしかしたら自分はそれと同じような、あるいはそれより大切な、何か本質的なことに気づいていないのでは――？

放埒の余韻が冷め、体をだらしなく縄に預けながら、そんなことを考えていると。

「……？」

不意に短いピアノの調べが聞こえ、千尋は頭をもたげた。

千尋の携帯電話の、メールの着信音だ。この座敷牢に入れられる前に秀介に取り上げられたのだが、どうやら柳行李の中に入っているようだ。

秀介がそれを拾い上げ、ピクリと眉を動かす。

「亮介からか。メールのようだな」

（亮、介……？）

普段、後援会の件や事務的な連絡を除いては、亮介とのやり取りの痕跡は着信履歴も含めなるべく消すようにしていた。こうした事態を予想していたわけではなかったが、万一のことを考えてそうしていたのだ。

なのにこんなタイミングでメールが届くなんて、まさか思いもしなかった。ただの連絡メールであればと、そう願ってみたけれど――――。

「……千尋。なんだ、これは」

秀介が硬い声で言って、こちらに携帯電話の画面を向けてくる。

そこに映っていたものを目にして、心臓が止まりそうなほどの衝撃を受けた。

自宅のキッチンの床の上ではしたなく肢を開き、自分を慰めている千尋の無音の動画が、そこには映っていた。

「忘れるな《Remember》……。メッセージはそれだけだ。つまりおまえには、それだけで亮介の言わんとしていることが伝わるはず。そういうことだな？」

静かで感情のない秀介の声音が怖くて、体がガタガタと震え出す。

まさかこんな形で自分と亮介との関係を知られてしまうとは思わなかった。言葉も発せられない千尋を冷ややかに見て、秀介が小さく首を振って言う。

「正直まったく考えなかったわけではないよ。私は奴を信用してはいないからな。親父が死んだ今になって私に近づいてきたのも、遺産目当てか何かくらいに思っていたのだが……」

秀介が言葉を切り、確かめるように携帯電話の画面に目を落とす。

「哀しいことだな。まさかおまえが、奴と共謀してこの私を陥れようとしていたとは」

「……っ？　ち、違い、ます、僕はあなたを陥れようなんて、そんなこと……！」

「どの口で否定するのだ。私の秘密を奪おうと地下に侵入したおまえが」

「あ、れはっ、亮介が話したことが、ただ気になってっ……、自分の目で確かめてみたかっただけです。持ち出そうなんて、思っていませんでしたっ」

「信用しろというのか、それを？」

秀介が言って、またゆらりと視線をこちらに向ける。

その秀麗な顔が微かに歪み、目が昏く淀んでいたから、ゾッと肌が粟立《あわだ》った。

怒りと、失望。

秀介の表情は、それが臨界に達した状態であることを物語っているかのようだった。

千尋の顎をつかんで正面から顔を見据え、秀介が言う。

「ふふ……、そうか、おまえの相手は亮介だったのか。おまえの体がこんなにも妖しく花開いたのは、だからなのだな？　そこはもっと早くに気づくべきだったよ」

「……っ？」

「おまえは昔から、亮介とは気が合っていた。この私よりも、ずっとな。奴がいなくなったときも、ひどく落胆していたではないか。私が最初に想いを告げたとき、おまえがすぐに返事をしなかったのは、おまえが本当は亮介を想っていたからだ。そうなのだろう？」

「なっ？　秀介さん、何を、言って……？」

「そう考えれば、パーティーに亮介が現れたときからおまえが奴に肩入れしていたのも当然だな。この十年、おまえは何かにつけ亮介のことを気にしていた。おまえが本当に恋人になりたかったのは、私ではなく奴だったのではないか？」

「そんなっ……、そんなことっ！」

突拍子もない言葉に、愕然とする。

秀介にそんなことを言われるなんて思いもしなかった。必死でかぶりを振るが、秀介は冷たくこちらを見返してくるばかりだ。蔑《さげす》むような目をして、秀介がさらに言う。

「おまえは私を利用していたのだろう、千尋。さほど容姿は似ていないが、それでも亮介と私とは兄弟だからな。他人の体でその身を慰めるよりも効率がいい……。亮介の身代わりとして使うにはな」

「身、代わり……？」

一体何を言っているのだろう。秀介の言葉が、まるで理解不能な言語でもあるかのようで、全然頭に入ってこない。畳みかけるように、秀介が言葉を続ける。

「だが、所詮まがいものはまがいものだ。本気で想ってもいない相手とするセックスよりも、心から愛している相手とのそれのほうが何倍もいいに決まっている。だからおまえは、こんなにも淫乱な体になったのだ。おまえは私ではなく、亮介を愛しているのだ！」

「そ、なこと、ありません……！　あるわけないじゃ、ないですかっ……！」

秀介の誤解が哀しくて、思わず叫んでしまう。

誰よりも秀介を愛してきた。秀介の傍にいたい、彼のためならなんでもしたいと思い、だからこそ亮介の卑劣な要求にも応じてきたのだ。

それなのに、他ならぬ秀介にこんなふうに愛情を疑われるなんて、あまりにも辛すぎる。

知らず涙を流しながら、千尋は震える声で言った。

「……ひど、い、秀介さん、ひどいです……！　ど、してっ、どうしてそんなこと、言うんですか……！」

震える声はすぐに嗚咽《おえつ》へと変わりそうになる。なんとかこらえながら、千尋は続けた。

「ぼ、僕はっ、秀介さんを愛しているんですっ……。亮介に抱かれたのも、秀介さんの、ためだったのにっ……！」

「私のため、だと？」

「亮介に、見せられたんですっ、秀介さんと半裸の僕が抱き合って、キスをしてる写真を。言うことを聞かなければこれをネットに流すってっ……、秀介さんが政治生命を断たれても、自分はどうでもいいって、亮介がそう言ったからっ……！」

千尋の告白に、秀介がわずかに目を細める。千尋の言葉を吟味しているような表情だ。でも、どうか疑わずに信じて欲しい。千尋はそれだけを思い、言葉を繋いだ。

「あの借用証も、亮介は欲しがったけど、僕はそんなことできないって言いました！　そ、したらっ、その恥ずかしい動画、撮られてっ……。だけど本当に、持ち出す気なんてなかったんです。信じてください、秀介さん……！」

涙ながらに訴える千尋の顔を、秀介がじっと見つめてくる。険しく顰められた双眸をほんの少しだけ緩めて、秀介が訊いてくる。

「千尋……、おまえは脅されていたのか？　だから亮介に、体を……？」

「……は、い。でも、彼に愛情なんてっ……、お願い、信じてっ……！」

千尋の言葉に、秀介があぁ、と喘ぐような声を洩らした。

そのまま千尋の体に腕を回し、そっと抱いてきたから、もう嗚咽をこらえることができなくなる。声を立てて泣き始めた千尋に、秀介が静かに訊いてくる。

「なぜ、黙っていた？」

「話しちゃいけないんだって、思い込んでたからっ……！　秀介さんに、嫌われたらって、怖かったしっ……」

「私がおまえを嫌ったりするわけがないだろう？」

秀介が言って、千尋の髪に口づけ、甘い声で続ける。

「ひどいことを言って悪かった。おまえに本当のことを話して欲しかったから、わざとあんな言い方をしたのだ。おまえの愛情を疑ったわけではないよ、千尋」

「秀介、さん……！」

「だが、やはりおまえには政治の世界は危険すぎたようだな」

そう言って秀介が抱擁を解き、高く吊り上げられたままの千尋の膝がしらにチュッと口づける。そのまま脛《すね》を口唇でなぞるようにされて、ピクリと体が震えた。

まだ性玩具が入ったままの後ろにそっと手を滑らせて、秀介が告げてくる。

「愛しているよ、千尋。だからもう、おまえをここから出さないことにしよう」

「……え、っ……？」

「おまえはこれから、ここで私だけに愛されて生きていくのだ。何もしなくていい。おまえはただ私の傍にいて、愛され続けるだけでいいんだ」

優しいけれど、どこか狂気じみた揺らぎを感じる秀介の声。

その言葉の意味に気づいて目を見開くと、秀介が千尋の腰に渡した縄を解いて、弱く動き続けていた性玩具を後孔から引き抜き、無造作に畳の上に投げ捨てた。

そうしてこちらを見つめたまま、焦れたような目をして衣服を緩める。

秀介の欲望が雄々しく姿を変えていることに気づいて、千尋は息をのんだ。

「ま、待ってて、秀介さっ……！　あっ、うぅっ！」

高く上げさせられた右足側から、秀介がねじ込むように雄を繋いできたから、苦痛の呻き声を上げてしまう。

性玩具などよりもずっと肉太でリーチのある、秀介の欲望。

初めてコンドームなしで繋がれたそれは熱く、いつになく怒張していて、奥へと突き入れられるたびミシミシと肉襞が軋む。秀介が片手で千尋の体を吊っている縄を握り、もう片方の腕で千尋の腰を抱き寄せながら、潜めた声で言う。

「すっかり形が変わってしまっているな、おまえのここは。あいつにも、生でされたのか？」

「うぅ、う」

「そうか、辛い目に遭ったな。では私のものを注ぎ込んで、中を清めてやろう。そして早く、私の形に戻さなければな」

「い、や、待ってっ、まだ、動い、ちゃっ……！」

性玩具で広げられていたが、千尋の後ろはまだきつい。

なのに無理やり押し開くように熱杭を抽挿され始め、甘苦しい痛みが走った。逃れたくて身を捩ってみても、縄が体に食い込んで苦しいばかりだ。

いつも紳士的でスマートなやり方で千尋を抱いてきた秀介が、こんな強引な交合を強いてくるなんて思わなかった。

「秀介、さんっ、ぃあっ、ああっ」

悲鳴を上げながら、激しく首を振って拒絶を放つが、秀介は答えず、ピシャッ、ピシャッと音が立つほど腰を打ちつけて千尋の中を抉《えぐ》ってくる。

その息は荒く、額には淫蕩《いんとう》の汗が浮かび上がっている。まるで抑制のたがが外れてしまったかのようだ。

（……怖い……、こんな秀介さん、怖いよっ……）

亮介と関係を持っていた千尋を、秀介は赦《ゆる》してくれたのだと思った。

でもこれではまるで、罰でも与えられているみたいだ。秀介は本気で千尋をここに閉じ込めるつもりなのだろうか。そうして千尋を、ずっとこんなふうに――――？

「亮介め。私は絶対に許さんぞ。あいつだけは、この私が必ず潰してやるっ」

「……ッ？」

「千尋も絶対に渡さない……、千尋は、私のものだっ……！」

「秀介、さん……！」

感情をむき出しにした秀介の声に、ゾクッと身の毛がよだつ。

亮介への憎悪と、千尋への執着心。

秀介の心に、こんなにも激しい感情が渦巻いていたなんて知らなかった。秀介が注いでくれる温かい愛情の陰に、こんなにもドロドロした情念が隠れていたなんて――。

「千尋……、私の、千尋っ……、誰にも、やらんぞっ」

熱っぽい声で言いながら、秀介が上りつめていく。本当にこのまま、千尋の中で果てるつもりだろうか。

「ひ、あぁっ、しゅ、すけ、さっ！」

「く、うっ、千、尋っ……」

放たれた白濁は、亮介に何度となく浴びせられてきたそれと同じように熱く、ドロリと重かった。千尋は微かなめまいを覚えながら、その熱を感じていた。

■
■
■

すうっと襖《ふすま》が開いた音に、千尋は浅い眠りから目覚めた。

横になっていた布団から顔を上げ、音のしたほうを見ると、座敷牢の鉄格子の向こうにスーツ姿の秀介が見えた。

いく日もこの座敷牢の中にいるせいか、すっかり時間の感覚がなくなってしまっているが、今は一体何時なのだろうか。

「……ただいま、千尋」

「秀介さん……」

けだるい体を起こして、こちらへとやってくる秀介を見やる。

どうやら今は夜で、秀介は帰宅したばかりのようだ。

スーツから微かに煙草《たばこ》の臭《にお》いが漂ってくるところをみると、今夜も何かの会合だったのだろう。今までならば千尋もついていっていたかもしれないけれど、今の千尋にそんなことは期待されていない。

スーツの代わりに怪しげな緋色《ひいろ》の襦袢《じゅばん》を着せられ、片足には枷《かせ》をつけられて、座敷牢の中で秀介の帰りを待っているだけの、今の千尋には——。

『もうおまえをここから出さないことにしよう』

秀介の宣言通り、千尋がこの座敷牢に閉じ込められて、一週間あまり。

三方を壁に囲まれた板の間の中に作られたこの座敷牢は、部屋と廊下とを隔てている襖の上の欄間《らんま》から微かに射してくる光の他に、外光が入る場所がない。

食事を運んできたり身の回りの世話をする年嵩の家政婦が決まった時間に姿を見せるが、家政婦は昔からここの秘密を知っている人間らしく、千尋とは必要最小限の会話しかしないよう命じられているようだった。

彼女の他には、夜に秀介が帰宅するまで誰とも話もできなかったので、千尋は気持ちが参ってしまいそうになっている。鉄格子の前に立つ秀介を見上げると、秀介が訊いてきた。

「今日は珍しく早く帰ってこられたぞ、千尋。いい子にしていたか？」

鉄格子越しにそう問いかけてくる秀介の声は、まるで愛玩動物にでも話しかけているかのように優しく、楽しげだ。その邪気のなさが逆に怖くて、怯えながらその目を見つめると、秀介が笑みを洩らした。

「どうした。昨日はあまりかまってやれなかったから、すねているのか？」

「……、ち、違い、ます」

「素直になれ、千尋。寂しかったのだろう？　遠慮せず私に甘えていいんだぞ？」

秀介が言って、スーツの胸ポケットを探る。そこから小さなライター状のものを取り出したから、千尋は息を詰めた。秀介がこちらを見つめながら、手の中でそれを握ると——————。

「あぁ、あっ……！」

千尋の体のあちこちからいきなり強い振動が起こり、千尋は座った姿勢を保つことができずよろよろと布団に手を突いた。

秀介が牢の扉を開け、中へと入ってきながら、劣情の滲む声で告げる。

「私もおまえを愛してやりたかったよ。今夜はたっぷりと可愛がってやるぞ?」

「ゃ、いやっ」

布団の上に押し倒され、ふるふると首を振る。

だが秀介は気にすることもなく、襦袢の腰紐を解いて前を大きく開いてきた。

両手で体を隠そうとしたが、秀介に手首をつかまれてシーツに縫いつけられる。千尋の体を見下ろして、秀介がうっとりと囁く。

「ふふ、じっとりと汗をかき始めたな。スイッチを入れてやったばかりなのに、もう感じているのか? おまえの体は、また一段と淫らになったようだな」

「……あっ、あ、や、見、ないでっ」

露わになった自分の体を見たくなくて、千尋は目を背けた。

色白で華奢な上体を緊縛する、黒いラバーベルトの拘束具。

両の乳首に当たる位置、そして平たいラバーでぴったりと覆われ、紐で縛り上げられた局部には、ブルブルと振動するローターが複数取りつけられている。

後孔には抜け落ちてしまわぬよう器具で固定された男性器型《ディルド》を挿れられており、秀介がスイッチを入れるとそのすべてが連動するように動いて、千尋の体を責め苛んでくる。淫らな刺激によって、千尋の体は意思とは関係なく潤んでいってしまう。

「もう少し胸の振動を強くしてやってもいいかな。おまえのここは、この数日で随分と敏感になった。感じて乱れる様が、たまらなく可愛いよ」

「ああ、ぁんっ、やあっ……！」

秀介がスイッチをいじり、乳首に張りついたローターの振動を強くしてきたから、恥ずかしい嬌声が洩れ出した。勃ち上がった乳頭をぐりぐりと刺激され、腰がうねってしまう。

乳首が感じる場所だとは知っていたが、ローターに刺激され続けているうち、千尋はそこだけで達きそうな感覚を得るようになってしまった。微弱な振動を続ける体内のディルドをはしたなく締めつけ、自ら頂を極めようとするけれど、局部をラバーと紐とで締めつけられているせいかそれも叶《かな》わない。

そんな生殺しのような状態が続く苦しさを、秀介も当然わかった上で、千尋が乱れる様子を眺めて楽しんでいるのだ。泣きの入った声で、千尋は言った。

「やあ、も、許、してっ、苛め、ないでっ」

「苛めてなどいない。私は亮介とは違うのだ。おまえが可愛くて仕方がないのに、そんなことをするわけがないだろう？　明日はオフだから、おまえとゆっくり楽しみたいだけだ」

秀介が言って、スーツジャケットを脱いでネクタイを緩めながら、楽しげに続ける。

「明日は私がおまえの世話をしてやる。食事も入浴も、下の世話もな。おまえは何もせず、すべて私に委ねていればいい。私だけの、美しい恋人でいてくれ」

それでは恋人ではなく、ペットみたいなものだと、そう言いたかったが、今の秀介にそんなことを言っても、きっと心には届かない。

今秀介の心にあるのは、千尋へのほとんど病的なほどの執着と、千尋を自分だけのものにしておきたいという独占欲。そして亮介への、激しい憎悪の念だけだ。

まさか秀介が、こんなふうになってしまうなんて――。

(全部、僕のせいなのかな)

哀しい気持ちで、千尋は思い返す。

秀介の政治生命を守るために、亮介に身を任せていたつもりだった。

だが亮介に写真を盾に脅され、体をもてあそばれていたことを話さなかったのを、秀介は自分が信頼されていないせいだと感じたようだった。亮介にされたことを千尋に洗いざらいしゃべらせたあと、もうおまえを誰の目にも触れさせない、おまえは私が守ると言った秀介は、ひどく切なげな顔をしていた。

千尋を一途《いちず》に想っていた秀介を、自分はよかれと思って深く傷つけてしまったのだ。

もしかしたらその傷があまりにも深かったせいで、秀介の中で何かが振り切れてしまったのかもしれない。優しく紳士的だった秀介なのに、暴君のように千尋をここに閉じ込めて自由を奪い、まるで愛玩奴隷でも抱くように、夜な夜な体を貪《むさぼ》るようになって——。

「今日、亮介が事務所を訪ねてきたぞ？」

ローターとディルドの刺激で身悶え続ける千尋の内腿にキスを落としながら、秀介が言う。

「素知らぬ顔をしておまえと連絡が取れないと言ってきたから、田舎《いなか》の親戚が危篤《きとく》で休みを取っていると言っておいた。信じたかどうかはわからんが、計画が狂っていくらか慌てている様子が透けて見えて、なかなか痛快な気分ではあったな」

意地の悪い口調でそう言ってクスリと笑い、秀介が続ける。

「あいつは昔から、私を出し抜くことばかり考えていた。要領よく立ち回って私に勝ち、自分が優位に立つことだけを考えている。私はそんなあいつが大嫌いだった。いっそ死んでくれたらと願うほどにな」

「……！」

「驚いているのか？　だが、恐らく向こうも同じように思っているぞ？　私が憎い、許されるなら殺してやりたいと、私に対してそのくらいの感情は持っているはずだ。昔も今もな」

「そん、な……！」

こともなげな秀介の言葉に、胸が痛くなる。

三人で過ごし始めた子供の頃から、秀介と亮介の兄弟が互いに強い対抗心や反発心を抱き合っていることには気づいていたし、今、亮介が秀介を陥れようと考えていることも、たぶん間違いない。

　でも少なくとも、三人でいた頃はそれなりにいい関係でいたし、二人にしても殺し合いをしかねないような間柄ではなかったはずだ。そう思っていたのが千尋だけなのだとしたらそれはとても哀しいことで、秀介の言葉を否定せずにはいられなくなる。

　体に与えられる快感と揺れる心とで声を震わせながら、千尋は言った。

「そ、なの、嘘ですっ」

「嘘？」

「あなたと亮介が、昔からそんなことを思い合っていたなんて……。だって三人で、楽しく過ごしていた頃だってあったじゃないですかっ」

　そう言うと、秀介が一瞬、黙ってこちらを見つめてきた。

　それからその秀麗な顔に皮肉めいた表情を浮かべて、言葉を返してくる。

「そう感じていたのだとしたら、それはおまえがいたからだよ、千尋」

「……え……」

「私たち兄弟とおまえとの関係は、実のところとても危ういバランスの上に成り立っていたのだ。だがおまえはそれには気づいていなかった。私たちにとって、おまえがどれほど大きな存在なのかということにもな」

「大きな、存在……？」

「もちろん、そんなおまえだから私は惹かれたのだし、自分のものにしたいと思ったのだが。私がそんなふうに思ったのは、本当におまえだけだよ」

そう言って秀介が、口の端に薄い笑みを浮かべ、その目の奥に仄暗い感情の色を湛《たた》えながら、低く言葉を続ける。

「今さら、おまえを亮介になど渡しはしない。おまえを奪われるくらいなら、私はこの手であいつを殺す」

「秀介、さん……！」

秀介の淀みのない声音から、それが彼の本心なのだと伝わってきて、息が詰まりそうになった。恋人として愛し、政治家として尊敬していた秀介の口からそんな言葉が出るなんて、もう自分の耳が信じられない。理性的だった秀介が、そんなことを言うほどに思い詰めているなんて。

でも、秀介にとって千尋は、それほどまでに大きな存在だったということだ。だから秀介にこんな言葉を言わせてしまったのも、きっと千尋なのだろう。

だったら――――。

（秀介さんの目を覚ますことができるのも、僕だけなのかもしれない）

今の秀介は、きっとどこかおかしくなっているのだ。どうにかして、いつもの秀介に戻って欲しい。亮介との関係も、修復できるものならして欲しい。

千尋はそう思い、必死の思いで訴えた。

「秀介さん、めったなことをおっしゃっては駄目です。あなたは国会議員なのですよ？　それにそんなことをしなくても、僕はずっと秀介さんのものです。秀介さんの傍にいて、あなたを支えていきたいと思っているんです。これから先、生きている限りずっと」

そう言って言葉を切り、噛んで含めるように続ける。

「だからどうか、亮介に惑わされて政治家としての本分を見失わないでください。亮介とだって、きちんと話せばわかり合えるはずです」

千尋は言って、それから微かにためらいながら続けた。

「あの裏金や借用証のことも、僕は凄く気になっています。人の道に外れた行為に手を染めるなんて、秀介さんらしくない……。お願いですから、目を覚ましてください」

「……千尋……」

「いつものあなたに戻って。秀介さんならきっと、お父様のようなご立派な政治家になれるはずなのですから！」

父議員のような、素晴らしい政治家になって欲しい——。

それは秀介が当選したときから、千尋が心に抱いていた願いだ。新米秘書の身でそんなことを言うのは憚《はばか》られるかと思い直接告げたことはなかったが、改めて口に出してそう言うと、秀介は驚いたように目を見開いた。

もしや気持ちが届いたのだろうかと、一瞬期待したけれど。

「……立派な政治家？　親父がか？　笑わせないでくれ」

「え……」

「だが、そうか。おまえは知らないのだな、あの男が二流の政治家だったことを。親としても、実に醜悪な人間だったぞ？」

吐き捨てるような言葉に驚いて、言葉を繋げなくなってしまう。

急逝して後を継いだ父議員のことを、秀介がそんなふうに思っていたとは知らなかった。

冷たい笑みを浮かべて、秀介が言葉を続ける。

「それにな、千尋。私は何も惑わされてなどいない。亮介とわかり合うつもりも毛頭ない。あれは私が必ず潰す。この手で、二度と立ち上がれぬようにな」

「そん、な……！」

想いが届かぬ哀しさに、ツンと目の奥が痛くなる。秀介には、もう何を言っても通じないのだろうか。

「さあ、千尋。そろそろ後ろの具合を見てやろうか。亮介に蹂躙された、おまえの中を」

「あっ、ゃ、やめ、てっ」

秀介がいきなり千尋の体をうつ伏せに返し、腰を上げさせてきたから、首を振って拒絶の声を発したが、ベルトの腰の部分をつかまれて引きずり上げられ、尻を突き出した恥ずかしい姿にさせられる。股に渡してあるベルトの固定器具だけを外し、ディルドを仕込まれた千尋の狭間を露わにして、秀介が告げる。

「抜くぞ?」

「……ぁっ、ああ、あ」

弱く振動したままのディルドをゆっくりと引き抜かれ、腰がビクビクと跳ねる。

ディルドは秀介の雄をかたどった形をしていて、一日のほとんどの時間千尋の後ろに挿れられている。引き抜かれると内腔や窄まりが物足りなさを覚えるようで、ヒクヒクと浅ましく蠢動《しゅんどう》するのが自分でもわかるくらいだ。

羞恥に肌を朱に染めて震えている千尋に、秀介が満足げな声をかけてくる。

「どうやらもうすっかり元の形に戻っているようだな、おまえのここは。張り型にピタピタと貼りついて、抜くのにも力が要《い》った。外されると寂しいだろう?」

「そ、なっ、ことっ……、ああっ、ああっ」

乳首と局部に当てられたローターの振動をグンと強められ、四つに這わされた体が動物のように跳ねた。

刺激を与えられ続けていた胸はもう痺れたようになっていたが、より強い振動を与えられると、ディルドを抜かれて空っぽになった内腔の奥がジクジクと疼き出した。

ラバーに覆われた千尋自身は、きつく縛《いまし》められているため欲望の形を取ることもできぬままだが、紐で押さえられても透明液が滲み出てくるようで、ラバーの内側がじっとりと濡れているのを感じる。

放埓への道筋を与えられぬまま劣情ばかりを掻き立てられて、正気を失いそうになる。

「ぁあっ、い、やっ、ああ、あああ」

後ろに繋がって欲しい、中を擦って感じさせて欲しいと、千尋の意識に浮かぶのはもはやそんな欲望ばかりだ。甘く心まで結び合うようだった秀介との行為が、そんな即物的なものに変わってしまったことが哀しくて、泣けてきてしまう。

だが熟れた体は正直で、こらえようとすればするほど腰が淫らに揺れ動く。

秀介が察したように千尋の尻たぶをつかんで、鋭く命じてくる。

「欲しいのだろう、千尋？　ここに挿れて欲しいと言ってみろ」

「しゅ、すけ、さんっ」

「きちんと口に出して言うのだ。亮介ではなく、この私が欲しいとな」

穏やかだけれど、亮介への強い憎しみと怒りとが感じられる秀介の声。

これは本当に愛の行為なのか、それとも罰なのか。千尋にはもうわからない。

けれどたぶん、そのどちらでもあるのだろう。恋人である秀介を裏切り、傷つけてしまった今の千尋は、そのどちらも甘受すべきなのかもしれない。

千尋はすすり泣きながら哀願していた。

「挿れて、ください……、秀介さんの、挿れ、てっ……！」

舌足らずに言って、秀介を振り返る。秀介が笑みを見せて、優しく双丘を撫でてくる。

「……ふふ、いい子だな、千尋。では挿れてやろう。亮介とのことなど忘れて、私で感じて啼くがいい」

秀介が言って、ズボンの前だけを開いて切っ先を千尋に押し当て、緩められた外襞を巻き込むようにしながら、ひと息に雄を千尋の中に沈めてくる。

「はあ、ああっ、あああ……！」

ディルドよりも熱量のある秀介自身を繋がれ、体がビリビリと痺れたようになる。チカチカと視界が明滅するほどの、凄まじい充溢感《じゅういつかん》。ただ挿れられただけなのに内腔が悦を得ようと秀介に絡みついて、中へ中へとのみ込んでいく。体がそれだけを欲しがって、キュウっと収斂《しゅうれん》していくようだ。

ひどく浅ましい反応だが、自分ではもう己を止めることができない。全身が愉楽の奴隷のようになって、思考も何もかも飛散してしまう。

「愛しているよ、千尋。どこまでも感じ尽くして、すべて忘れてしまうのだ。亮介のことも、何もかも……！」

秀介が揺れる声で言って、腰を打ちつけ始める。乳首と局部、そして体内から湧き上がる凄絶な快感に、理性も矜持《きょうじ》もすべて消え失《う》せていく。

「あ、んっ、あうっ、ああ、あああああっ……！」

みっともない嬌声だけが、高い天井に吸い込まれる。千尋は髪を振り乱し、腰を淫らに揺すって秀介に追いすがるばかりだった。


それから、何時間が経った頃だろうか。

ガタガタとした音が耳に届いて、千尋はまどろみから覚めた。

（……あれ、僕、どうなったんだろう？）

瞼《まぶた》を開けて目に入ったのは、高い天井と鉄格子。どうやら千尋は、座敷牢の中で眠っていたようだ。秀介はいないようだが、一体――。

「……ああ、そうか。確か気を失って……」

上体に例のラバーベルトを装着されたまま、千尋は秀介に執拗に体を攻め立てられ、後ろで何度も気をやらされた。自意識を保てないほどに乱されたあとにようやく縛めを解かれ、吐精を許されたところまでは記憶にあるが、そのまま気絶してしまったのだ。

起き上がってみると、肌にはベルトの痕だけが残り、襦袢をまとった体も横たわっていた布団のシーツも、清潔な状態になっているようだった。

荒淫のあと、すべて秀介がしてくれたのだろうか。

（あの音、雨戸を開ける音かな？）

部屋の欄間を見てみると、外から薄明かりが射している。もしやもう朝なのだろうか。今日はオフだと言っていたから、きっと屋敷には秀介しかいないはずだ。まだ早い時間のようだが、秀介が朝食でも運んできたのか。

そう思っていると。

「……っ！」

鉄格子の向こうの板の間の一角がいきなりガタッと音を立てて開き、床下からふわりと埃が舞ったから、心臓が飛び出しそうになった。

一瞬何が起こったのかわからず、身動きもできず固まっていると、そこからぬっと人影が姿を現し、ひょいと板の間の上に飛び出てきた。

「……くっそっ、埃だらけだなここは！　それにとんでもなく狭え。さすがにガキの頃みてえにはいかねえな」

忌々しげな口調に、ドキリと心拍が跳ねる。

埃で汚れた服をパンパンと叩きながら、こちらを振り返ったのは――――。

「亮、介？」

「おう。しばらくぶりだな、千尋」

「亮介……、どうしてっ……」

思わず鉄格子に駆け寄ると、亮介が肩をすくめて言った。

「兄貴があんたは田舎に行ってるって言うんで、一応問い合わせてみたんだが、来てねえって言うからよ。きっとこんなことだろうと思ってさ」

亮介が言って、千尋の姿をしげしげと見やる。

「つうかあんた、なんてカッコさせられてんだよ？　色っぽいっちゃ色っぽいけど……、正直俺の好みじゃねえなあ」

からかうような声音に我が身を見下ろし、緋色の襦袢一枚の恥ずかしい姿だったことに気づく。慌てて襟元を掻き合わせていると、亮介が鉄格子の前までやってきて、何か工具のようなものを出しながら告げてきた。

「さっさと出んぞ、こんなとこ。エロいことはこういう湿っぽいとこじゃなくて、俺のベッドでやろうぜ」

「出る、って……、亮介、もしかして、助けに来てくれたの……？」

半信半疑で問いかけるが、亮介はそれには答えず、扉の鍵穴を工具でいじり始める。そんなもので開くのかと疑問だったが、ややあってカチリと音がして、扉が開いた。

目を丸くしている千尋に近づき、片足を繋いでいる枷にも同じようにしながら、亮介が独りごちる。

「足枷か。兄貴の奴、親父そっくりになってきたな」

「……え……」

「なんでもねえ。行くぞ」

枷を外されたと思ったら、腕を引かれて立ち上がらされ、牢の外に出される。

だが歩こうとしたらヨロリとよろけてしまった。一週間以上枷を嵌められてここに監禁されていたためか、足がふらついて上手く歩けないようだ。亮介がチッと舌打ちをする。

「なんだよ、フラフラじゃねえか。これじゃ床下に入るのは難しいな」

亮介が言って、思案げな顔をする。

「しょうがねえ、いったん外に出て裏木戸まで走るか。屋敷から秀介に見られても、まあなんとか逃げ切れるだろ」

「裏木戸?」

「外に車を待たせてるんだよ。行くぜ」

「わ、わあっ」

いきなり体を横抱きに抱き上げられて、小さく悲鳴を上げた。

まさかそんなふうにされるとは思わなかったが、亮介は千尋を軽々と抱きかかえたまま部屋を横切り、襖を開けて廊下へ出ていく。

勝手知ったる様子で迷いなく離れの玄関まで行き、引き戸を開けて外に出ると、どうやらまだ日も昇っていない時間だったようで、辺りは早朝の静けさに包まれていた。

「つかまってろ」

亮介が短く言って、千尋を抱いたまま走り出す。

勅使河原の家の敷地の北にある、裏木戸。

そこへ行くには、離れを囲む生け垣を回り込んでから、屋敷の脇の小道を通り抜けなければならない。だがそこは秀介の書斎に面しており、駆け抜けるときに見つかってしまうかもしれないのだ。

千尋は祈るような気持ちで亮介の首に抱きつき、息を詰めた。

不安感で長く感じるときが過ぎ、やがて亮介が裏木戸にたどり着く。

千尋を地面に下ろして、亮介が言う。

「よし、どうにか着いたぞ。そのカッコで外に出たら目立つから、これ着とけ」

亮介が着ていた薄手のコートを脱いで、こちらによこす。

千尋が襦袢の上からそれをまとい、亮介が裏木戸に手をかけた、そのとき。

「動くな、亮介ッ！」

鋭く響いた声に、ビクッと背筋が震えた。振り返ると、今しがた駆け抜けた屋敷の脇の通路に秀介が立っていた。

その手に抱えているものにギョッとして、千尋がヒッと息をのむと、亮介がさっとかばうように千尋の前に出た。

狩猟用の散弾銃。恐らく、父議員の所有物だったものだろう。秀介がそれをかまえ、黒い銃口を真っ直ぐに亮介に向けている。

この日本で、よもやそんな場面に出くわすとは思わなかった。目の前の光景にはまったく現実感がない。亮介もさすがに驚きを隠せない様子で、戸惑いながら言う。

「おい、あり得ねえだろ！　こんな都会の真ん中で、本気でそんなもんぶっ放すつもりかよっ？」

「場合によってはな。千尋をこちらへよこせっ」

有無を言わせぬ口調でそう言う秀介の目には、憎悪と怒りの感情が渦巻いている。今にも引き金を引いて亮介を射殺しかねないような気迫だ。

自分などのために、秀介がここまでするなんて思わなかった。あまりにも強すぎる執念に、震えてしまいそうになる。

「……は、信じらんねえな！　どんだけトチ狂ってんだよ、あんたは」

亮介が呆れたように言って、秀介をねめつける。

「まあけど、結局あんたもあの親父の息子だってことか。汚ねえ金でのし上がって、なんでも自分の思い通りにしようとする。あんたのやってること、親父にそっくりじゃねえか！」

「ちょ、亮介っ、何を言って――――！」

この状況で挑発的なことを言い放つ亮介に驚いて、慌てて諌《いさ》めるように肩に手を置いた、次の瞬間。

ドンッ、と鋭い音がして、千尋と亮介の数メートル手前の地面が大きく抉れた。

音に驚いたのか、庭の木々から鳥がバサバサと飛び出す。秀介が本当に猟銃を撃ったのだと気づいて、息が止まりそうになる。

「次は貴様を撃つぞ、亮介。千尋を渡さないのならな」

ガチャッと弾を装塡《そうてん》して、秀介が言う。

絶体絶命の状況に、ガクガクと足が震えてしまいそうになる。

だが亮介は黙ったままだ。それどころか肩に置いた千尋の手をつかんで引き寄せ、秀介に見せつけるようにチュッとキスを落とす。ニヤリと微笑んで、亮介が言う。

「やれやれ……。俺に千尋をつまみ食いされて、そんなにムカついたのかよ？　独占欲と支配欲が異様に強いところも、親父とよく似てるよなあ、兄貴は」

「……なんだと」

「牢に入ってた千尋見たら、男に色目使ったたっつって、親父がしょっちゅうお袋をあそこに閉じ込めてたの思い出しちまったぜ。こいつのことも散々いたぶったのかよ？　あいつがお袋にしてたみてえに？」

（……お母様を……？）

何やら恐ろしい話に、背筋がゾクリと震える。立派な政治家だと思っていた父議員が、妻である二人の母親にそんなことをしていたなんて驚きだ。

だが秀介は、亮介の言葉に微動だにしなかった。冷たく見下すような目をして亮介を見返し、嘲るように言葉を返す。

「そう言うおまえは、昔から私のものはなんでも欲しがる浅ましい男だったな。弱みを握って千尋を脅し、私の目を盗んでもてあそぶとは、まるでチンピラのような手口ではないか。そんなことで私に勝ったつもりか？」

そう言って秀介が、猟銃をかまえ直す。

「私の周りを嗅ぎ回って私の弱みをつかもうとしていたようだが、何をしようが所詮おまえは敗北を認めて逃げ出した負け犬だ。ここにはおまえに恵んでやるようなものは肉の一片すらもない。体に風穴を開けられたくなかったら、千尋を置いてさっさと出ていけっ」

淀みのない声で発せられる最後通告。

負け犬だとか逃げ出しただとか、言葉の真意はよくわからないけれど、亮介がぐっと拳《こぶし》を握り、ぎりっと奥歯を噛んだから、秀介の言葉が亮介の感情を強く逆撫でする種類のものなのだということはわかった。

この二人、そして父議員の間には、千尋の与《あずか》り知らぬ家族の因縁のようなものがあるのかもしれない。ここで亮介が抵抗すれば、秀介は本当に引き金を引いてしまうのではないかと、恐ろしくなってくる。

（僕がここに残れば、それでいいのっ？）

あの牢に戻されるのは嫌だが、二人が殺し合いをするようなことになるのはもっと嫌だ。千尋にとっては秀介も亮介も、どちらも欠けて欲しくない二人なのだ。

千尋は強くそう思い、二人に訴えた。

「やめてください、二人で争うのは！　僕は言う通りにしますから、秀介さんはそれを下ろして！」

秀介と亮介の間に割って入りながら言うと、亮介が慌てた様子で千尋を後ろに引き戻した。

「千尋！　おいバカっ、危ねえだろ！」

「亮介は行って！　僕のことはいいからっ」

「またそれか！　あんたはいつもそうだっ！　こんなときまで余計なことすんなよっ！」

「……え……」

亮介にピシャリと言われて、一瞬何を言われたのかわからなかった。

『いつもそうだ』。『余計なことをするな』。

亮介にそう言われるなんて予想外だった。

考えてみたこともなかったけれど、自分は亮介に、そんなふうに思われて――――？

「……ったく、相変わらずだなあ、兄貴は。いつでも尊大に上から命令して、俺を虫けらみてえな目で見やがる。あんたのその目、俺は虫唾《むしず》が走るほど嫌いだったぜ。あんたをぶっ殺してこの手で目ん玉抉り出してやりてえって、そう思ってたこともあったくらいにな」

「亮介、やめて。そんなこと、言わないで……！」

互いに殺し合いをしかねないほどに憎み合っているなんて、絶対に信じたくなかったのに、亮介までがそんなことを言うなんて、哀しくてまなじりが潤む。

亮介がクッと笑い、低く告げる。

「けどまあ、俺だってもうあの頃とは違う。狙った獲物は絶対に逃さねえ。欲しいものは奪ってでも持っていくさ。あんたをぶっ殺すまでもなくな！」

好戦的な声音と、その顔に浮かぶ威圧感のある表情に気圧《けお》される。秀介に射すような視線を向けて、亮介が言う。

「なあ秀介。あんた佐藤幹事長と、まだハダカのつきあい続けてんのかよ？」

「……何？」

「千尋に赤い襦袢なんぞ着せてるところを見ると、あんたも相当好きみてえだな？　まだ続いてんのか、あのお座敷の乱痴気騒ぎは？」

（亮介、何を言って……？）

わけのわからない話に首を捻るが、秀介がわずかに眉を顰める。クスリと笑って、亮介がさらに言葉を繋ぐ。

「ま、あんたがどこで誰と何をしようがかまわねえけどよ。少なくとも金と借用証の話は、俺の耳には入ってんだ。あんまり周り信用して、どっぷり浸《つ》からねえほうがいいんじゃねえのか?」

「……亮介、貴様……」

抑えた声ながら、秀介が微かにうろたえた様子を見せたから、千尋はますます戸惑った。一体亮介はなんの話をしているのだろう。

「ともかく、千尋は俺がいただいていく。今からこいつは俺のもんだ。政治家として終わりたくなきゃ二度と千尋に手を出すな。俺はいつでも、あんたを破滅させられるんだからな」

亮介の言葉に、秀介が怒りの表情を見せる。

今までに見たことがないような恐ろしい目。あまりの形相に、猟銃の引き金を引くのではないかと恐れたけれど。

「……勝手にしろっ……」

吐き捨てて、秀介が猟銃を下ろす。亮介が千尋の腕をぐっとつかんで告げる。

「だそうだ。ほら、行くぞ」

「で、でもっ」

「ガタガタ言うな。行くんだ!」

怒鳴りつけられて、ビクッと震える。今はそうするほうがいいのだろうか。

猟銃を手にしたままの秀介を一瞥してから、千尋は亮介に腕を引かれて裏木戸を出ていった。

「……おい、着いたぞ」

「う、うん……」

「歩けるか？」

「大丈、夫」

亮介が手配した車で連れてこられたのは、千尋のマンションだった。

猟銃を向けられて知らず緊張していたのか、車に乗せられてすぐに体が震え出し、千尋は着くまで言葉も発せられなかった。

マンションの前で車を降り、部屋まで連れていかれてリビングに入った途端、フラフラと床に屈み込んでしまう。亮介がキッチンに行って冷蔵庫を開け、ミネラルウォーターのボトルを持ってこちらへ戻ってきたけれど、とても何か口にできる感じではなかったので、小さく首を振って断った。

亮介が肩をすくめ、蓋《ふた》を開けて中身をゴクリと飲んでから、軽く言う。

「いやぁ、さすがにビビったよなあ、猟銃には。あんな骨董品《こっとうひん》みたいなもん、まだあの家にあったんだな」

「……あれは、お父様の……？」

「ああ。『狩猟は勅使河原家の後継ぎのたしなみだ』、とかなんとか、昔親父と死んだじいさんが話してたから、兄貴の奴、二人から手ほどきを受けたんじゃねえか？」

そう言って亮介が、自嘲するように笑う。

「まあ、俺は後継ぎじゃねえから知らねえけど。その辺露骨だからよ、あの家は」

「亮介……」

――――『おまえは敗北を認めて逃げ出した負け犬だ』。

先ほど秀介の言った言葉と、それを聞いた亮介の反応を思い出し、なんとなく胸が痛む。

兄弟二人にしかわからない何かが過去にあったのは、もう確かだろう。

二人は血を分けた兄弟ながらお互いに憎み合い、相手に勝つためなら傷つけたり貶《おとし》めたり、果ては殺そうとすることも辞さない、ギスギスとした不毛な関係なのだ。

そして今や、千尋もその渦中に巻き込まれている。二人の間で奪うの奪われるのと、まるで物のようにやり取りされるのは、ただただ戸惑うばかりだ。

「とりあえず、脱げよ千尋」

「えっ」

「そんなバカみてえな扇情的なカッコ、ずっとしてるつもりかよ？　監禁されてたんだ。怪《け》我《が》とかしてねえか、体も見てやるからよ」

亮介が言って、すっと千尋の前に膝をつき、羽織っていたコートを脱がせて緋色の襦袢に手をかけてくる。

中に下着も身につけていなかったことを思い出して、千尋は急に恥ずかしくなった。とっさに裾《すそ》を押さえると、亮介が気づいたのか、そちらには手を出さず上半身だけ裸にしてきた。ラバーベルトの痕が残る千尋の上体が、亮介の目の前に曝される。

「おーお、派手な痕つけて。あいつに加虐趣味があったとはなあ」

「……、で、でも、秀介さんには痛いことはされてないし」

「俺にはされたって？」

「いや、その、そういう意味で言ったわけじゃ……」

二人を比べるようなことを言うつもりではなかったが、恋人である秀介をなんとなくかばいたいような気がする。千尋は考えながら言った。

「よくわからないけど、秀介さん、きっと凄く思い詰めてたんじゃないかなって思う」

「あ？」

「たぶん、僕がいけないんだ。猟銃まで持ち出すなんて、秀介さんらしくないし……。大丈夫なのかな、秀介さん……」

秀介のことが心配になり、ぽつぽつとそう口に出すと、亮介が一瞬呆気にとられたような顔をした。それから天を仰ぐように上向いて、呆れたように言った。

「ったく、信じられねえお人よしだな、あんたも！　あんな目に遭って、まだ兄貴の心配してんのかよ？」

「だって……」

「あいつの心配より、てめえの心配したらどうだ。あいつから助け出されても、今度は俺に監禁されるかもしれねえとか思わないのかよ？」

「亮介にっ……？」

そこまで考えが至らなかったので、そう言われて今さらのようにおろおろしてしまう。

「……そ、それは、困るよ。僕はやっぱりちゃんと外で働きたいし、それに……」

「バーカ、真に受けてんなよ。んなことするわけねえだろ？」

「……で、でも」

「まあ、俺も散々あんたに手ぇ出してるし、そう言っても信用ねえかもしれねえけど。もっと颯爽《さっそう》と助け出してたら違ってたかぁ？」

亮介がぼやくように言って、ついっと視線を逸らす。

「……なんか、悪かったな」

「えっ？」

「兄貴に全部バレたんだろ？　あの動画、あんたをせっつこうとして送ったけど、さすがに際どすぎたよな」

気遣うような言葉に驚いてしまう。ためらうように口ごもりながら、亮介が続ける。

「兄貴が隠してること、あんたには自分の目で見て欲しくてよ。それで地下のこと話したんだけど、まさかあいつがあそこまであんたに執着して、猟銃持ち出すほどイカレちまうとまでは俺も思わなかった。怖い目に遭わせて悪かったよ」

「亮、介」

(亮介は本当に、僕を助けるためだけにあそこに来てくれたんだ)

ようやくそう実感して、なんとはなしに嬉しい気持ちになる。

ついこの間まで、千尋にひどいことをしていたのは亮介のほうだった。

なのに秀介の偏執的な部分を知ってしまったせいか、よくも悪くも直截《ちょくさい》な亮介の物言いに、妙な安心感を覚える。亮介がため息を一つついて首を振る。

「俺もいい加減回りくどいのはやめねえとな。兄貴のことも家のことも、あんたのことも」

そう言った亮介の横顔が、いつになく真剣だったから、今の亮介の言葉に偽りはないのだと感じた。それは千尋の知っている、昔の亮介の顔だ。

野卑で乱暴な言葉を使ったり、やんちゃをしても、性根は真っ直ぐで裏表のない性格の、あの頃の亮介。千尋が会いたいと思っていた亮介に、今ようやく会えたような気がする。

(でも、回りくどいのはやめるって、一体……?)

亮介が秀介に近づいたのには、理由や目的があるのだろうというのはわかるけれど、『欲しいものは奪う』と言っていた亮介が今以上に直接的な手段でそれを行動に移すというのなら、それは秀介にとっても、そして自分にとっても恐ろしいことだ。

なのに千尋には、先ほどの二人のやり取りの意味も全然わからず、秀介がなぜ銃を下ろし、亮介と自分を行かせたのか、それすらもわからないのだ。

もう、何もわからぬまま翻弄《ほんろう》されるのは嫌だ。

千尋はそう思いながら、自室に行って襦袢を脱ぎ捨て、衣服に着替えた。それからリビングに戻って、ソファにかけている亮介の隣に座り、おもむろに訊ねた。

「ねえ、亮介。秀介さんと亮介は、どうしてあんなふうに憎み合っているの？」

千尋の質問に、亮介が黙ってこちらを見やる。

答えようかどうしようか迷っているような目をしていたので、千尋はさらに言葉を続けた。

「僕はね、亮介。子供の頃から秀介さんと亮介と、三人でいることが心地よかったし、みんなでそれなりに楽しい時間を過ごしたりもしていたと思っていたんだ。でも秀介さんは、そう感じていたとしたらそれは僕がいたからだって。三人の関係は危ういバランスの上に成り立っていたって、そう言ったんだ。僕にはよく意味がわからなかったんだけど」

千尋の言葉に、亮介が目を見開く。

「……へえ。そんなこと言ったのか、兄貴の奴。まあ確かに、危ういバランスってのはなかなか上手い言い方だよな」

そう言って亮介が、どこか荒《すさ》んだ目をして続ける。

「そのバランスが崩れたら、どちらかがすべてを失う。まるでデスゲームだけど、俺と兄貴はそういうふうに育てられてきたからな。あのクソ親父に」

「デス、ゲーム？」

亮介の言葉に不穏なものを感じて訊き返すと、亮介が嫌な記憶を呼び覚まされたような顔をした。それを押し殺すようにぐっと拳を握って、亮介が言葉を紡ぐ。

「ガキの頃、俺と兄貴はやたら勝ち負けにこだわって、なんでも勝負してたろ？」

「うん。ライバル意識が強い兄弟だなって、そう思ってたけど」

「はは、ライバルか。あれはそんな生易《なまやさ》しいもんじゃなかったな。俺たちは何かにつけ親父に競争させられてた。負けたほうは飯抜きとか、あんたがいた座敷牢に入れられてぶん殴られるとか、とにかくスパルタで、ペナルティーも半端なくてさ……。勝ったほうだけが欲しいものを手に入れられるって、そういう意識がしみついちまってたんだよな」

「そう、だったの……？」

初めて聞いた勅使河原家の家庭の内実に、衝撃を受ける。

子供にとってその状況はあまりにも過酷ではないか。

言葉も返せず亮介の顔を見つめると、亮介がこちらを見返し、笑みを見せて言った。

「けどあんたと過ごしてる時間は、そういうことを忘れられる時間だったんだ。あんたが間に入って、まるでお袋みてえに俺たちを上手くなだめてくれてたからな」

「……お母さんって……、なんだか、前もそんなこと言ってたね？」

「あんたは男だけど、俺はずっとそんなふうに思ってたから。きっと秀介もそうだったんじゃねえか。お互い蹴落とすべき相手だったけど、あんたといる時間だけは壊しちゃいけないって、中学生の頃くらいまではそんな暗黙の了解があったからな」

そう言って亮介が、表情を曇らせる。

「でも、俺が高校に上がった頃、俺と兄貴の間の均衡が崩れた。親父が、兄貴より要領のいい俺を自分の後継者にするかなって言い出してな」

「亮介を……？」

「まあ思いつきで、俺たちをより激しく競わせるために言っただけだったみたいだけど。俺、それまで何やっても兄貴には敵《かな》わねえって思ってたから有頂天になっちまってよ。最初から政治家目指してた兄貴には相当ショックだったらしくて、それからはあんたといる時間も、お互いに主導権を争うみたいになって。あんた、それに気づいてなかったのか？」

「……全然、少しも。兄弟ってそんなものなのかなって、それくらいしか」

あまり感情を表に出さず、何事もそつなくスマートにこなしているような秀介と、やんちゃだが前向きに見えた亮介。

そんな二人の間に、生存競争のような争いがあったことにも、それが二人の関係を殺伐としたものにしていたことも、千尋は気づかなかった。

ただ自分が間に入っていれば、それでいいのだと、そんなふうに思って――。

(……そうか。だから亮介は、僕にあんなふうに言ったんだ)

『いつもそうだ』、『余計なことをするな』。

誰かに間を取り持たれるというのは、心地よいと思うことも煩わしく感じることもあるものだろう。千尋としてはほとんど無意識でしていることだったが、当人たちにとっては入られたくない瞬間もあったのかもしれない。

でももしも二人が本気でぶつかり合ったなら、きっと二人はもう二度と歩み寄れないだろう。お互いがお互いを否定したまま致命的に決裂して、離ればなれになってしまう。

そんなことになるのは哀しい。

(僕は、それが嫌だったんだ。もしかして、だから僕は亮介に、体を……?)

亮介に抱かれるのは、秀介のため。

秀介を守るために亮介のいいなりになっていると、自分ではそう思っていた。

でも本当は、自分が二人の間に入ることで、二人がバラバラになってしまうのを避けようとしていたのではないだろうか。昔からずっと、そうしていたように。

ふとそう気づいてハッとする。

千尋が守りたかったのが秀介の政治生命だけではなく、秀介と亮介の、そして二人と自分との関係そのものだったのだとしたら、自分が本当に大切に思っているのは、恋人である秀介だけではないのかもしれない。

愛情など抱いていないと思っていたけれど、本当はこの十年ずっと気にかけてきた亮介のことも、秀介と同じくらい大切に思っているのでは――――?

そう思い至って、自分で自分に戸惑っていると、亮介がさらに言葉を続けた。

「俺が十六になって、すぐのことだ。俺と兄貴は、親父に都内にある秘密の社交場に連れていかれた。そこはいわゆる財界の名士だとか裏社会にコネのあるフィクサーだとか、そういう連中が情報交換したり、秘密裏に顔を合わせたりするような場所でさ。あの頃はまだ幹事長にはなってなかったけど、佐藤もいたよ。もう当時から貫禄充分でさ、周りには取り入ろうとギラギラしてる連中がいっぱいいたぜ」

そう言って亮介が、不快そうに眉を顰める。

「そこはさ、客が羽目を外してえげつない遊びを楽しめるってのが売りだったんだけど……、親父の奴、そこでも俺と兄貴を競わせようとしてきて」

「……?　そんなところで、どうやって?」

「まあなんていうか、度胸試しってのかな。あんたが着てたみたいな真っ赤な襦袢を着た、年端も行かねえ少年を目の前に連れてきてさ。犯せって言うんだよ、衆人環視の中でさ」

「……えっ……」

「『この子を抱いてみごと啼かせてみせたなら、勅使河原の後継者にしてやる。選ばれなかったほうは家を出て自立する道を選べ』。親父の奴、俺たちにそう言ったんだ。兄貴も俺も、さすがに身動き一つできなかったね」

「そんな……」

あまりに非道な言葉に震えが走る。まだ十代の息子たちにそんなおぞましいことを言うなんて、信じられない。

「……じゃあ秀介さんは、その命令に従ったってこと？　だから秀介さんが、後継者に？」

「たぶんな」

「たぶん……？」

「あのあとどうなったのか、俺は知らねえんだ。親父のやり方についていけなくて、俺はその場から逃げちまったから。けど翌日んなって、親父に手切れ金をやるから出ていけって言われて、兄貴が後継者になったんだなって思った。だからきっと、そういうことなんじゃねえのか」

亮介が言って、ためらいながらも言葉を続ける。

「いずれにしても、裏社会のよからぬ連中とのつきあいは、親父の代から続いてる。地下の金は水野を通じて兄貴に押し貸しされてるもんだ。そうやって繋がりを作っておいて、いざってときにお互いに便宜を図り合うんだろう。けど俺の調べたところじゃ、水野はマルボーから盃《さかずき》もらってる筋金入りだぜ?」

「マルボー……?」

「暴力団。ヤクザだよ。ある意味佐藤本人より、あの野郎のほうがヤベえかもしれねえな」

(水野さんが、ヤクザっ……?)

恐ろしい事実に目が眩《くら》む。亮介が小さく首を振る。

「まあ、その辺はあんたに頼まれて調べたときにわかってたんだけどよ。いきなりあんたにそれ話すのもどうかと思って黙ってた。俺のもくろみは別のとこにあったしな」

亮介のもくろみとは、一体なんなのだろう。千尋はゴクリと唾を飲んで、亮介を見つめた。

「……亮介のもくろみって、何。どうして僕や秀介さんに近づいてきたの?」

千尋の言葉に、亮介が黙る。

返事を促すようにじっとその顔を見つめていると、やがて亮介がついっと目を逸らした。考えをまとめるように額を手で押さえてから、ゆっくりと話し出す。

「目の前の少年を犯せって、そう命じられたあのとき……、俺は親父も兄貴も、今後を左右するような決断を迫られて一瞬で答えを出せなかった俺自身も、何もかもが嫌んなってさ。いつか二人を見返してやるって誓って、スズメの涙程度の手切れ金握り締めてアメリカ行ったんだ。でもいろんな世界見て、仕事でも成功したら、もう親父も兄貴もどうでもよくなってて。親父が死んじまっても、ああ見返す相手がいなくなったんだなって、それくらいしか思わなかった。俺は元々、兄貴ほど政治家になりてえと思ってたわけでもねえからな」

そう言って亮介が、皮肉めいた笑みを見せる。

「……けど、兄貴が親父の後継いで政治家になって、あんたを秘書にしたって風の便りに聞いて、なんとなく引っかかるものがあった。あんたはお袋さん亡くして田舎に引っ越したって聞いてたし、今さらなんでってさ。だからちょっと探り入れてみたら、あんたと兄貴が恋人同士かもしれねえって話じゃねえか。それ聞いたら、なんか知らねえが忘れかけてた兄貴への競争心に、ボッと火が点いちまったんだ。あんたに対して抱いてた気持ちにもな」

「僕に、対して……？」

思わぬ言葉にドキリとする。

亮介の行動は、あくまで秀介に対する強い感情から来ているものだと思っていた。

自分に対する気持ちは、もしやと勘繰ったことはあるけれど、亮介があまりに手酷いことばかりするから、そのたびに否定してきたのだ。

(でも亮介は、僕を助けに来てくれた)

秀介を陥れたいとか、そういう気持ちだけなら、わざわざ忍び込んでまで千尋を助ける必要はないはずだ。秀介に二度と手を出すなと威圧する必要だってない。

亮介がそんな言動をしたのは、やはり千尋のことを想っているからなのか――――？

そう思いながらも、自ら訊ねてみることもできないまま、探るように亮介の目を見つめる。

するとと亮介が肩をすくめ、白状するように言った。

「正直最初は、自分でもどうしたいのかよくわかってなかった。兄貴の弱みでも握ってやろうと思って、人を使って兄貴のことあれこれ調べてたけど、あんたとの関係はどうにも証拠がつかめねえ。だからこっそり自分で屋敷を見に行ったんだ。そしたらちょうど、あんたが屋敷に泊まった翌朝でさ」

「それってもしかして、あの写真の……?」

「ああ。あれ見たら、なんでか抑えが利かなくなってよ……。あんたを兄貴から奪ってやりてえって、そう思ったんだよ。無理やりヤっちまったあとは、あんたの兄貴への気持ちが動かねえなら、せめて体だけでももってさ。だって俺は、昔からあんたのことを……」

言いかけて、亮介が黙り込む。何やら心はやる沈黙に、千尋はこらえ切れずに訊いた。

「僕、を……?」

「……だから、そのっ……、なあ、もうそれ以上、言わなくてもわかんだろ? いい加減、気づけよっ」

怒ったような声音とは裏腹のどこか困ったような亮介の表情に、目を見張る。

亮介がそんな顔をしたのを見たのは、子供の頃以来だ。

(亮介、やっぱり僕のこと……!)

千尋を手酷く犯しながらも、いつも秀介の存在に囚《とら》われているようだった亮介。

後援会のパーティーのとき、秀介とキスをしていた千尋をトイレで無理やり抱いたのも、千尋に自慰を強いておきながら、それも秀介のためだろうと腹を立てていたのも、ようやくすべて納得がいった。

亮介は、秀介に嫉妬《しっと》していたのだ。

「もちろん、それだけってわけじゃねえぞ？　兄貴が親父と同じ道を進んで汚ねえ金でのし上がろうが、下手打って落ちぶれようが、そんなこた俺にはどうでもいいが、脇の甘さで水野みてえなヤクザもんにつけ入られて、勅使河原の家を食い潰されるようなことにでもなりゃ、こっちも譲ってやった甲斐《かい》ってもんがねえだろが。だからちょいと揺さぶりかけて、釘《くぎ》でも刺してやろうかなって思っただけだよ。本当だぜ？」

取り繕うようにそう言う亮介だが、もちろんそれも本心なのだろう。真っ直ぐで裏のない、昔のままの亮介の言葉だ。

その横顔を見ていたら、千尋の中にも確信が生まれた。

いなくなって以来、ずっと気にかけてきた亮介。彼に無理やり犯され、何度もひどいことをされながらもそれを甘受していたのは、今にして思えば秀介のためばかりではなかった。

自分の中に亮介を求める気持ちも共に存在していたからこそ、亮介の強いるままに体を開き、抱かれていたのだ。千尋は秀介だけでなく、亮介にも、確かな想いを抱いていたのだ。

ようやくそう気づいて、ドキドキと胸が高鳴る。

微かなためらいを覚えながらも、千尋は口を開いた。

「亮介だけじゃ、ないから」

「ん？」

「たぶん、同じなんだ。その……、僕が亮介に、抱かれてたのは……」

言いかけた言葉に何かを察したように、亮介が微かに目を見開いた、そのとき——————。

突然亮介の携帯電話が鳴り、千尋は言葉をのみ込んでしまった。

亮介がうるさそうに携帯を取り出し、訝るような顔をして電話に出る。

「はい？　……ああ、栗田さん。どうしたんです、朝から」

どうやら相手は秘書の栗田のようだ。洩れてくる声の感じから、少々焦ってしゃべっている様子がうかがえる。何かあったのだろうか。

「……え、兄貴がっ？　場所はどこですっ？」

（秀介さん……？）

こちらを見ながら話す亮介は、ひどく慌てた顔をしている。秀介に何かあったのだろうか。

「わかりました。すぐに千尋も連れていきます。では」

亮介が言って、通話を切る。険しい顔をして、千尋に言う。

「……西麻布《にしあざぶ》の交差点で、兄貴が自動車事故起こしたって」

「事故っ？」

「広尾《ひろお》の病院に運ばれたって言ってる。まだマスコミには嗅ぎつけられてねえみたいだ。すぐに行くぞ！」

（秀介さんが、事故を……？）

最近は自らハンドルを取ることは少ないが、秀介は正確で慎重な運転をするたちであるし、事故を起こすなんて考えられない。

でも、今朝あんなことがあったあとだ。もしかしたらそのせいで動揺していたのだろうか。自分が亮介と屋敷を出ていったせいで、彼はおかしくなってしまったのでは。そもそも、朝から一体どこに行こうとしていたのだろう――。

あれこれと考えると、不安ばかりが募る。事故の状況は聞かされていないが、もしも秀介が死んでしまうようなことになったら、後悔してもし切れない。

「おい、千尋？」

「え」

「もう着くぞ。大丈夫か？」

タクシーの後部座席に並んで座る亮介の声は、落ち着いている。その顔には表情がなく、今の状況にどんな感情を抱いているのかわからない。千尋は震える声で言った。

「ねえ亮介。秀介さんが死んじゃったら、どうしよう?」

「……あ?」

「僕のせいなのかな? 僕が逃げちゃったから、秀介さんは動揺して、事故なんか……!」

「落ちつけよ。あんたのせいじゃねえ。それに死にそうなら死にそうって言うだろ普通」

「でも、急変してたら? 命が危なかったらっ……?」

食い下がると、亮介が小さくため息をついた。

「結局、あんたはそうなんだよな。あの野郎、本気でムカつくぜ」

「えっ……?」

「なんでもねえよ。ほら、あそこに栗田がいるぜ。先降りて行けよ」

亮介がそう言って、病院の前でタクシーを止めさせ、千尋に降りるよう促す。言われるままタクシーを降り、栗田のほうへ走っていくと、栗田が千尋の姿を認めて手を振った。

「吉田君、こっちだ」

「栗田さん! 先生は無事なんですかっ?」

「ああ、大丈夫。かすり傷だ。きみを呼んでくれとおっしゃったんだが出なかったので、亮介君に連絡したんだよ」

そういえば、千尋の携帯電話は秀介に取り上げられたままだった。あれはまだ屋敷にあるのだろうか。

「そこだよ」

案内されたのは、病棟の端にある目立たない個室だ。マスコミが押しかけたりしないよう栗田が根回ししたのかもしれない。扉を開いて中に駆け込むと――――。

「……千尋」

「秀介さん……、秀介さん！」

思わず「先生」と呼ぶことも忘れてしまう。

頬にはガーゼが貼られ、腕には包帯を巻いていたが、秀介はベッドの上に座っていた。力のない笑みを見せて言う。

「来てくれるとは、思わなかったな」

「来るに決まっているじゃないですか！　秀介さん、座ってて大丈夫なんですかっ？」

「ああ大丈夫。軽い接触事故だったから、本当にかすり傷だ。出かけようと車を走らせていたら、運転を誤ってしまって……。少し、慌てていたせいかな」

「よかった……、無事で本当に、よかったです！」

そう言ってベッドの傍まで行ったら、もう涙が止まらなかった。秀介に取りすがり、声を立てて泣き始めた千尋に、秀介が穏やかな声で言う。

「……おまえは優しいな、千尋。私などのために、泣いてくれるのか？」

「だって……、だって……！」

泣きじゃくっているると、廊下から病室を確かめているらしい亮介の声が聞こえてきた。

やがてドアが開き、亮介が栗田に声をかける。

「なあ栗田さん。ぼちぼちマスコミ対応したほうがいいかもしれねえよ？　それらしいのが嗅ぎ回ってる」

「ほ、本当ですかっ？」

栗田が言って、慌てた様子で病室を出ていく。

すると亮介が後ろ手に病室のドアを閉め、もたれかかってこちらを見やった。泣いている千尋の肩越しに、亮介が秀介に言葉を投げかける。

「みっともねえな、秀介。あんな街中で事故ってんじゃねえよ」

「黙れ。……と言いたいところだが、まったくだな。まさかこんな失態を演じるとは」

「へえ？　やけに殊勝だな。雪でも降るんじゃねえのか！」

「おまえこそ千尋を連れてきたのはどういうつもりだ。私が死にかけているとでも思ったか」

「死に目に会わせてやるほど親切じゃねえよ。ま、いっそそれも悪くなかったけどな」

「……二人とも！　やめてください……！」

早速始まった舌戦に堪えかねて、諫めるようにそう言うと、二人がややバツが悪そうな顔をして黙った。プイッと顔を逸らした亮介から千尋のほうへ視線を移して、秀介が言う。

「すまないな、千尋。これはどうしようもないことなのだ。私と亮介とは、互いに決して相《あい》容《い》れぬ関係なのだからな」

　秀介が言葉を切り、自嘲するような笑みを見せて続ける。

「だが、こうなってはむしろ死んでいたほうがよかったかもしれんな。おまえは今朝、私と残るのではなく亮介と行くことを選んだ。嫉妬に狂って無様な姿を見せた挙げ句おまえに去られ、このまま生き恥を曝して生きていくくらいなら、いっそのこと……」

「そんなこと、おっしゃらないで！　僕の気持ちを勝手に推し量ることもやめてください！　僕にとっては二人とも、ずっと大事な人であることに変わりはないんですから！」

　泣きながら大きく首を振ってそう言うと、秀介が驚いたような顔をした。

　秀介に対してそんな口を利いたのは、もしかしたら初めてかもしれない。勢いに任せて、千尋は続けた。

「亮介から、昔の話を聞きました。秀介さんと亮介がそんなふうに対立するようになったのは、お父様のせいなのでしょう？」

「千尋……」

「生き馬の目を抜くような政治の世界だから、二人を厳しく競争させて勝ち残ったほうを後継者に選ぶなんてことを、お父様はなさったのかもしれない。でも、僕が初めて二人と出会った頃は、喧嘩もすれば笑いもする普通の兄弟でしたよ？　いつも一緒で仲がよくて、だから僕は、二人と友だちになりたいなって思ったんです」

幼い頃を振り返るようにそう言って、千尋は二人の顔を交互に見た。

「二人の間の溝は、僕が思っているよりもずっと深いのかもしれません。でももう、お父様はいらっしゃらないのです。これ以上対立する必要なんてないじゃありませんか。二人きりの家族なんですから、これからは少しでも歩み寄って欲しいです。だって僕は、あなたたち二人のことが――――！」

感情に任せて言葉を繋ごうとして、ハッと我に返る。

一体自分は今、何を言おうとしたのか。

（……『好き』、だ……、やっぱり好きなんだ、僕は。二人とも、同じくらいに……！）

先ほど亮介のマンションで、彼に言いかけた自分の気持ち。

あのときそれを告げてしまわなくてよかったと、今心の底からそう思う。秀介を愛し、同時に亮介のことも同じだけ想っているなんて、恋愛でそんなことが許されるわけがない。二人とも好きだなんて、決してあってはならないことだ。

けれどそれが、千尋の偽らざる感情だった。二人とも大切で、恋しく思っているから、千尋はずっと二人の間から抜け出すことができずにいたのだ。

自分のそんな気持ちに気づいた瞬間、千尋は不意に思い至った。

（……もしかして僕がいるから、二人はいがみ合ってしまうんじゃないか……？）

二人を仇同士《かたき》のように対立させ、競い合い、憎み合うよう仕向けた彼らの父親はもういない。だが今となっては千尋こそが二人の対立を煽る元凶なのではないか。

反抗心など忘れかけていた亮介の感情を再燃させたのも、秀介を嫉妬に狂わせて猟銃を握らせたのも、どちらも千尋なのでは。

自分がここにいるから、二人が殺し合うのだとしたら――――？

突き上げられるような焦燥感を覚え、額にじんわりと汗が滲む。

千尋は動揺を隠しながら立ち上がって、秀介に向き直った。

「あの、秀介さん。僕の携帯は、どちらに？」

「……？　ああ、私の書斎のデスクに置いてあるよ」

「そうですか。その……、今から取りに行きますから、鍵を貸していただいても？」

「もちろん、かまわないが……」

突然携帯の話をし始めた千尋に、秀介がやや怪訝そうな顔をしながら答え、ベッドの傍にかけてあったジャケットの内ポケットから、屋敷の鍵を取り出して手渡してくる。

千尋が受け取ってさっと踵を返し、病室のドアのところまで行くと、ドアにもたれて立っていた亮介も訝るような顔でこちらを見た。

「……どうした。なんだよいきなり？　もう行くのか？」

「うん。僕は、行くから……」

千尋は言って、秀介を振り返った。

「少し、二人きりで話をしてください。お二人は一度きちんと話し合う必要があると、僕は思います。きっともう少ししたら騒がしくなって、そんな時間もないでしょうから……。僕は後ほど、またここに戻ります」

千尋がそう言うと、秀介が少し考えるような顔をして、それから亮介の顔を見やった。

亮介が秀介を見返し、それから黙って道を開ける。

千尋は小さく会釈をして、二人を残して逃げるように病室を出ていった。

(僕は二人の傍にいてはいけない人間だったのかもしれない……)

今まで、そんなふうに考えてみたことなどなかった。

だが結局そういうことなのだろう。決して自ら意図したわけでも、そう望んだわけでもなかったが、二人から共に想いを告げられた今となっては、千尋自身が二人を反目させる最大の要因だ。

恋愛という関係性でなければ、二人と共に居続けることもできたかもしれない。でも、二人との未来を同時に夢見ることなどできない。それを求めることは、浅ましく欲張りな願望だからだ。

(立ち去らなくちゃ駄目だ。僕は二人の前から)

秀介のことも亮介のことも、どちらもとても大切に思っている。そう気づいたあとではひどく切ないことだけれど、自分は身を引くしかない。それが二人のため、そして勅使河原の家のためなのだから。

「……やっぱり電源は入らないな」

秀介の書斎のデスクで携帯電話を見つけ、電源を入れようとしてみたが、何日も放置されていたから入らなかった。家に帰って充電すればまた使えるようになるが、なんとなくもう電話が繋がらなくてもいいのではないかと思えてくる。

このままどこかへ消えてしまって、秀介からも亮介からも離れていってしまおうかと、そんなことを考えて、なんだかまた切なくなってくる。

でも、今はとにかくもう一度病院に戻ろう。二人はきちんと話をしてくれているだろうか。千尋はそう思いながら、携帯をポケットにしまって書斎を出ようとした。

すると。

(……あれ?)

書棚のほうにふと視線を向けたところで、例の地下への入り口のドアハンドルがむき出しになっていることに気づいた。

いつもは本と隠し扉で見えないようになっているのに、どうしたのだろう。なんとなく気になって、千尋は書棚へと歩み寄って隠し扉を開けた。

照明が点灯した階段を下り、地下室へと入ってぐるりと見回してみて、千尋は気づいた。

「空に、なってる」

例の古めかしい金庫の扉が全開になっていて、中が空っぽになっている。

傍らのテーブルには金庫に入っていたと思《おぼ》しき借用証の束が無造作に置かれていて、他には何もない。亮介が「押し貸し」だと言っていた現金は、千尋に見つかってしまったから場所を移動したのかもしれない。

でも、よくよく見るとテーブルの下に札束を留めていた帯がいくつかちぎれて落ちている。随分と慌てて移動したのだろうか。

何があったのかと推理するように考えていると、突然書斎のデスクの電話が鳴った。

千尋は慌てて上に戻り、電話のディスプレイを覗いた。

「……え、水野さん……？」

ディスプレイに表示されていたのは、電話機に登録されている水野の携帯番号だった。反射的に受話器を持ち上げ、千尋は言った。

「はい、勅使河原でございます」

『……、佐藤事務所の水野です。その声は、秘書の吉田さんかな？』

「あ、はい、吉田です。ご無沙汰《ぶさた》しております」

『どうも。先生はいらっしゃらないのですか？』

「え、と……」

もしや、事故のことをまだ知らないのだろうか。一瞬口ごもると、水野が続けた。

『今朝がた携帯からお電話をいただいて、大事な話があるので今から行くとだけ一方的におっしゃって。ですが、朝からいきなり来られても私も困りますし、折り返そうと何度も電話をかけているのですが、ずっと出ていただけないのですよ。栗田さんの携帯も通じませんし、何かあったのですか？』

（秀介さん、水野さんのところに行こうとしてたのか？）

運転を誤るほどに焦って会いに行こうとしていた相手は、水野だったのだろうか。大事な話とは一体なんだろう。なんのために、秀介は朝から水野に会おうとしていたのだろう。

そういえば、地下のあの金は水野を通じて借りているものだと亮介が言っていた。金庫から消えていたこととも関係があるのだろうか。

亮介から水野の裏の顔を聞いたあとだけに、ひどく気になってしまう。千尋は緊張しながら言った。

「先生は今、病院にいらっしゃいます。恐らく車でそちらに向かうところだったのでしょう、途中で事故を起こされて……」

『……事故？　もしや、お怪我をされているのですか？』

「はい、幸い軽傷でしたが」

『そうですか。それはよかったです』

水野が抑揚のない声で言って、それから探るように訊いてくる。

『つかぬことをお訊きしますが……、先生の車は、どうなりましたか？』

「車、ですか？」

病院からここへ来るのに事故現場の交差点を通ったが、秀介の車はすでに移動されていた。どこに移動したのか千尋にはわからないが、どうしてそんなことが気になるのだろう。

秀介本人よりも車のことを気にするなんて、なんだか少しおかしくないか。

「たぶん、車はレッカー移動されたんじゃないでしょうか？」

『そうですか。その……、荷物なども、そのまま？』

「荷物ですか……？　それについてはわかりませんが、僕でよければ確認してきます。何が積んであったのですか？」

そう訊ねると、水野はしばし黙って、それから言葉を濁すように言った。

『……ああ、いえ、あなたにそこまでしていただかなくて結構です。後ほど、先生に……』

「先生は入院中です。僕が代わって確認いたしますから、どうぞ教えてください。それとも、何か僕では困ることでも？」

水野の口ぶりがなんとなくおかしかったから、あえてそう訊ねると、水野は返事をしなかった。千尋はぐっと手を握って、さらに続けた。

「水野さん。もしかしてその荷物って……、現金なんじゃないですか？」

『……なんですって？』

「先生が怪しげな法人からお金を借りているのを、僕は知っています。その取引に、水野さんがかかわっていることも。あれは一体どういう事情なのですか。どうして先生が、そんなことを？」

思い切って疑問に思っていたことをぶつけると、水野がまた黙った。

それからクッと小さく笑って、潜めた声で言う。

『あなたがそのことを知っているとは意外です。栗田秘書にしか打ち明けていないはずの話を、ご存じだなんて……、先生も恋人には随分心を許しているんですね？』

思わぬ言葉にギョッとする。あの金の話を栗田が承知しているとは思わなかったし、水野が千尋と秀介との関係を知っているなんて、想像もしていなかった。

「……み、水野さんっ、何を、おっしゃってっ……、私と先生とは、そんなっ」

『ふふ、誤魔化さなくてもいいですよ。あなたがたがそういう仲だというのは、さる人物からの情報で知っていますから。最初は信じられませんでしたけどね』

（さる人物……？）

それを知っているのは、亮介だけのはずだ。まさか亮介が水野に情報を流したのだろうか。

千尋への想いを告げてくれた亮介だが、やはりその目的は、秀介を破滅させることなのか――？

もうわけがわからなくて、頭が混乱してくる。まるでそれを察したかのように、水野が訊いてくる。

『ねえ吉田さん。よかったら今から出てきませんか。議員秘書同士、お話をしましょう』

「私と、話を？」

『ええ。あなたもいずれは、先生の公設秘書となって支えていくおつもりなのでしょう？そのために、あなたに知っておいて欲しいことがたくさんあるのです。さほどお時間は取らせませんから、事務所にいらっしゃるついでにでも、ぜひ』

一体誰が味方で、誰が敵なのか。

千尋にはもうわからなかった。でも水野が誰から秀介との関係を聞いたのかわからない以上、今この状況で亮介を頼るわけにはいかない。秀介も軽傷とはいえ入院中だ。

政治家勅使河原秀介の秘書として、すでに足を踏み入れてしまった世界なのだから、自分の目と耳で本当のことを知るべきなのではないか。それがどんなに恐ろしい現実でも。

千尋はそんな悲壮な決意を抱いて、水野が指定した都内某所のオフィスビルの一室へとやってきた。そこは議員会館からも近いところにあり、地理的にわかりやすい場所だったから、千尋は単身で来たのだけれど。

（……もしかして、独りで来るべきじゃなかったかな）

オフィス自体は小綺麗な事務所のような雰囲気だったが、通された応接間にはまるで用心棒のような屈強の男が二人いて、千尋を監視するように立っている。やはり亮介の言う通り、水野はその筋の人間とかかわりがあるのだろうか。

なんともいえぬ不安感を覚えながらソファに座っていると、やがて水野が姿を現した。

「ようこそ、吉田さん」

「水野さん……」

「以前からあなたとじっくりお話したいと思っていたのですよ。でも勅使河原先生がまだ新人だからとおっしゃって、なかなか引き合わせていただけなくて。ふふ、取って食いやしないのにね」

眼鏡越しにねめつけるような目でこちらを見ながら水野がそう言って、千尋の向かいに腰かける。

「先生の自動車事故のお話ですが、先ほど党経由で事情を聞きました。大した怪我ではないそうで、よかったですね。すでにマスコミ対応もすんでいるようです」

そう言って水野が、眼鏡のブリッジを指で押し上げる。

「自損事故だったのも幸いでしたね。国会議員が人身事故でも起こしたら、世間が放っておかないですから。特に秀介議員のようなクリーンなイメージの政治家は、ほんの少しのスキャンダルが致命傷になりかねない。……そうでしょう、吉田さん？」

「……っ」

秀介との関係を揶揄するような口調で言われ、言葉を返すことができない。黙ってしまった千尋に、水野が慰めるように言葉を続ける。

「あなた方が恋人同士かもしれないと聞いたのは、一時期先生の事務所にアルバイトで入っていた人物からですよ。大変驚きましたが、まあ政治家とはいえ人間ですから、誰しも弱みの一つや二つあるもの。そうした部分は同じ志を持つ者同士カバーし合い、支え合うことで乗り切っていけばいいのです。先代の勅使河原議員は、そういうことをよくわかってらっしゃる方でしたよ」

「どういう、意味です……？」

「党も政治家も秘書も、そして支援者も、皆持ちつ持たれつ。政治家として、それを常に心に留めておくべきだということです。『水清ければ魚棲《す》まず』と言うでしょう？」

水野が言って、困ったように続ける。

「ですが、秀介議員はまだお若いようだ。先代から続いているとある支援者からの献金を受け入れようとせず、やむなく間に合わせの借用証を作って無利子無担保で貸しているという形にしていたのに、今朝いきなり全額返金したいとおっしゃって。その清廉さにはさすがに驚かされましたよ」

そう言って微笑む水野の眼鏡越しの視線に、何やら寒気を覚える。

要するに水野や彼が仕える佐藤は、そうやって派閥の所属議員の弱みを見つけては、それを使って相手を思い通りに動かしてきたのだろう。表に出ない金を融通してズブズブの関係にしてしまえば、ちょっとやそっとでは抜けられない。

でも秀介は、そこから抜け出そうと決めたのかもしれない。だからあの金を返そうと、水野に会いに――――?

千尋は震える声で訊いた。

「水野さんは今、献金とおっしゃいましたが、あのお金、裏金ですよね？　水野さんや佐藤先生は、そうやって秀介さんを取り込もうとしていたのですか？」

「取り込むとはまた、手厳しい言葉ですね。先ほども申し上げた通り、先代とうちの先生とは、持ちつ持たれつの関係だったのです。後継者である秀介議員とも、その関係を続けていきたいと思っているだけですよ」

「暴力団とのお金の関係を、ですか？」

そう問いかけると、水野が微かに眉根を寄せた。眼鏡越しに刺すような視線をこちらによこしながら、低く言葉を返す。

「……思ったよりも正義感が強い人なのですね、あなたは。それとも、ただ単に無垢《むく》で愚かなだけなのかな？」

「……っ……」

「秀介議員はあなたのそんなところを気に入って恋人にしたのかもしれませんね。私も性根が真っ直ぐで心の清い人は、嫌いではないですよ？」

水野が言って、楽しげな笑みを見せながら続ける。

「でも、あなたは少し知りすぎている。もしかして、誰か情報提供者でもいるのではないですか？」

そう言って水野が、傍らの屈強の男二人に顎をしゃくる。

すると男たちがこちらへやってきて、千尋の体を押さえ込もうとしてきた。

「……っ、やめてくださいっ、痛いっ、放して！」

逃げようとしたが、二人に捕まって床の上にねじ伏せられ、腕を背中で捻り上げられて、苦痛の声が洩れる。

水野が冷たい声で言う。

「放して欲しかったら答えなさい。裏献金の話を、あなたは誰から聞いたのです。秀介議員本人ですか？　それとも他の誰かかな？　確か最近、先生の弟さんが議員活動をサポートしていますよね？」

「なっ……」

「彼ら二人が先代に後継者としての度量を試されたという話は、私も佐藤先生から伺っておりますよ。先代の無理難題を前に、弟の亮介君は逃げ出し、兄である秀介議員は正しい答えを選択して、先代を大いに満足させたとか」

「どういう、ことですかっ？」

それは亮介が話していたことだろうかと思い、問いかけると、水野が言葉を続けた。

「先代は遊び心のある方でね。息子さん二人をお座敷に連れてきて、水揚げ前の男娼妓《おとこしょうぎ》を衆人環視の中で抱いてみせろと迫ったそうです。でも、もちろん先代は本気ではなかった。目の前のかんばしからぬ状況をどう回避してみせるか、その能力を試したのだそうで」

水野が言葉を切って、クスリと笑う。

「それを見抜いた秀介議員は、居並ぶ党の重鎮たちに先を譲ることで、みごと切り抜けたという話です。なかなか肝の据わった後継者だと、そう言われたようですね」

秀介らしい機転だとは思うが、まだ十代の子供をそんなやり方で試すなんて、やはりそちらのほうがどうかしていると思う。水野が思案げな顔でさらに言う。

「あのあと亮介君は、勅使河原の家を出ていってしまったと聞いていますが、いつの間にか戻ってきたのですね。もしや彼から、何か聞いたのですか？」

「……、亮介は、何もっ……、僕が勝手に、あううっ……！」

秀介や亮介を売るような真似はしたくなかったから、そう言って誤魔化そうとしたら、腕をギリギリと締め上げられて呻いてしまった。

「嘘をついてもいいことはありませんよ？　この男たちはプロフェッショナルですから、苦痛の与え方もたくさん知っています。素直に話したほうが身のためですよ？」

水野が酷薄な声で言って、ニヤリと微笑む。

「いい子で質問に答えてくれたら、あなたのことは悪いようにはしないつもりです。勅使河原家とは、これからも親しくおつきあいさせていただきたいですしねえ」

まるで獲物を狙う蛇《へび》のような水野の狡猾《こうかつ》な目つきに、ゾクッと背筋が震える。

やはり亮介の言う通り、水野は勅使河原の家を食いものにする気なのだろうか。千尋は震えながら水野を見上げた。

「水野さん、あなたは一体、何をしようとしているんですっ……？」

「は？」

「秀介さんを、勅使河原の家を、あなたはっ……、ぁうっ、痛い、やめて、くださ……！」

腕をきつく捻られて、肘が外れそうなほどの痛みを覚える。水野が嘲るような笑みを見せて言う。

「見た目よりも気が強いのですねえ、あなたは。私が怖くないのですか？」

「う、う……」

「もっと苦痛を与えることもできるのですよ？　薬を使って言うことをきかせてもいい」

水野が言って、それから何か思いついたように目を輝かせる。

「いや違うな。あなたを従順にさせるには、恥辱を与えるのが一番かもしれないな。秀介議員に愛されているその体を、醜く汚してあげましょうか」

「……！　やっ、嫌っ、やめてっ」

男たちに体を上向かされ、陰惨な笑みを浮かべた水野にシャツの前を開かれて、必死に抵抗したが、脱がせたシャツで腕を絡げるようにされて頭の上で押さえつけられ、動きを封じられる。

ラバーベルトの痕が残る千尋の上体に視線を落として、水野が嗜虐的な声音で言う。

「おやおや、これはまた……。予想外なものが出てきましたね。あの秀介議員が、こういうことを好むとは思いもしませんでしたよ」

「ち、がっ、これは、違うんですっ」

「ほう？　ではこれはあなたの嗜好ですか？　お顔に似合わず随分と淫らなのですね」

眼鏡の奥の瞳をぎらつかせながら水野が言って、ベルトの痕を指でなぞる。

「ますます悪くないですね、吉田さん。あなたをいたぶったらどんな素敵な表情を見せてくれるのか、想像するだけで胸が躍りますよ」

「水野、さんっ……」

「可愛く啼けるようなら、佐藤先生にも味わっていただこうかな。実は先生、かなりお好きなんですよ。あなたのような若くて可愛い青年がね」

「そん、なっ……！　嫌、ぃやッ、あむっ、んん……！」

叫ぼうとしたけれど、口の中にハンカチを押し込まれて声が出せなくなってしまう。身を捩って逃れようとするが、水野は男たちに千尋の体を押さえさせ、ズボンに手をかけて緩めてきた。千尋を裸にして、辱めを与えるつもりなのだろう。

絶体絶命の状況。暴力団とつながりのある男のところに、こんなふうに無防備に来てしまった自分の愚かさが哀しい。自分独りで、一体何ができるつもりだったのだろう。

（誰か、助けて！　秀介さん……！　亮介っ……！）

愛《いと》しい二人の名を心の中で叫んだ、そのとき。

応接間のドアの向こうで何やら怒号が聞こえ、水野が千尋の服を脱がせる手を止めた。訝しげに顔を向けた瞬間、ドアが蹴破られたようにバンと開かれ、部屋に長身の男が入ってきた。

「どーもこんにちは。こちらにうちの秘書がお邪魔して……、っと、おいおい、随分とわかりやすく際どい状況じゃねえか！」

「あなたは……、勅使河原、亮介？」

「なんだ、俺を知ってるのか？　いつの間にか俺も有名になったもんだぜ。なあ、兄貴！」

亮介が言って、振り返ると、亮介に続いて秀介も部屋に入ってきた。その手には大きなジュラルミン製のケースを持っている。

千尋の姿を認めてから、秀介が水野を睨みつけて言う。

「千尋に何をしようとしているのです、水野さん。すぐにその手を離してください」

「……おやおや、先生まで。怪我をしてらっしゃるようですのに、もしや病院を抜け出していらしたのですか？　いつもクールな先生も、恋人のためなら必死になるのですねえ」

水野が含みのある声で言って、千尋から手を離す。男たちにもそうするよう命じて、水野が続ける。

「安心してください。まだ何もしていませんから。ちょっとふざけていただけですよ。ねえ、吉田さん？」

悪びれもせぬ様子の水野に、まともに言葉も返せない。亮介がため息をつきながらこちらへやってきて、上着を脱いで千尋の肩にかけて言う。

「兄貴、さっさと話進めちまえよ。その手の男相手にお上品に話してたって、いつまで経っても埒《らち》が明かねえぜ？」

「おや、ひどい言われようですね。でも、確かに単刀直入に話していただきたいところではありますね。先生が一体、どういうおつもりなのか」

水野の言葉に、秀介がキュッと眉根を寄せる。

手にしていたジュラルミンケースをテーブルに乗せて、水野を睨み据える。

「どうもこうもありません。電話でお話しした通り、金をすべてお返しします。代わりに借用証の正本をよこしてください」

秀介が言って、ケースの蓋を開く。

中身はぎっしりと詰まった一万円札だ。水野が首を振って言葉を返す。

「いきなりそんなことをおっしゃられても……。これを返すということがどういうことか、わからないあなたではないでしょう？」

「もちろんわかっているつもりですよ。私は父とは違う。政治家として、私は清廉潔白な道を行くと決めた。だからこれを返しに来たのです」

「清廉潔白？　男の恋人を秘書にしているあなたがですか。言っておきますが、有権者はそんなに甘くはないですよ？」

水野がせせら笑うような顔をして言って、眼鏡を指でキュッと押し上げる。

「それに、これは佐藤先生のやり方に公然と反旗を翻すということです。派閥内での、ひいては党での先生のお立場にも影響してくると思いますが。それでもいいのですか？」

「もちろんかまいません。私は近々、派閥を抜けるつもりでおりますから」

「……今、なんとおっしゃいました？」

「佐藤派を抜けます。そして志を同じくする若手議員たちと共に新しいグループを作ります。

旧弊《きゅうへい》や古い慣習、裏社会との馴れ合いを一切排除した、新しい世代の新しいグループを」

「そんなことができると、本気で考えているのですか？」

「すでに手を上げてくれている同志が何人もいます。それに、私を支えると言ってくれる者も。私は彼らに、そして己自身に恥じぬ生き方をしたいのですよ」

（……秀介さん、そんなことを、思って……！）

秀介の言葉に、まなじりが潤みそうになる。それこそが千尋が憧《あこが》れ、理想としていた秀介の姿だ。いつもの秀介に戻ってくれたのだと嬉しくなる。

だが水野は、嘲るような口調で言った。

「ふふ、何を青臭いことを！　そんなものすぐに捻り潰されて終わりですよ。佐藤派を敵に回して党内で生き残っていけると思っているのですか？」

水野が口の端に笑みを浮かべて続ける。

「まったく、これだから世襲議員は。一介の一年生議員が新派閥だなんて、自惚《うぬぼ》れもたいがいになさい。大体あなたが補欠選挙に勝てたのだって、先代と佐藤先生の――――！」

「選挙の話はあんまりしねえほうがいいんじゃねえの、水野さん」

千尋を立ち上がらせ、体を支えて秀介のほうへと歩いていきながら、亮介が横から口を挟む。水野が訝しげな顔をして亮介を見やると、亮介が不敵な笑みを見せて言った。

「この前の衆院選のとき、あんた資金繰りに困ってる町工場や福祉系の団体に、結構派手な買収工作をしかけてるよな？　やり方がえげつないのは、玄人《くろうと》だからか？」

「な……？」

「佐藤センセもなかなかの剛腕だよなあ？　ついこないだも、地元の駅ビル建て替えの入札に圧力かけたりさ。あれ受注したの、あんたのバックのフロント企業なんだろ？」

「なぜ、そんなことまで……！」

水野がうろたえたように言うと、亮介がカラカラと笑った。

「はは、まあ俺も、人脈だけはあるんでね。いろんな話が耳に入ってくるんだよ。表からも裏からもな」

そう言って亮介が、威圧するような声で告げる。

「だからさ、水野さん。ここらで手打ちにしといてくれねえかな？　お互い脛に傷持つ者同士、今後は不可侵ってことでさ」

「不可侵、だと？」

「あんただって、まだこの世界で甘い汁吸いてえだろ？　自分じゃ佐藤センセと一蓮托生《いちれんたくしょう》ってつもりかもしれねえけど、追い込まれた政治家が真っ先に切るのは秘書だ。そうなったとき、あんたのバックの組織が守ってくれるとも限らねえしな？」

「……貴、様、この私を脅すつもりか……！」

水野が怒りに震えながら亮介を睨みつける。秀介がふっと微笑んで、水野を見つめる。

「すみませんね、水野さん。弟は海外生活が長くて、少々礼儀を知らないのです。不快なお気持ちにさせてしまったなら私がお詫《わ》びします」

穏やかな声で秀介が言って、静かに続ける。

「借用証をいただいたら、すぐに連れて帰りますから。水野さんや佐藤先生にとってもっと不都合なことを、ペラペラと話し出す前にね」

秀介の言葉に水野が言葉を失う。鮮やかに形勢を逆転させていく秀介と亮介を、千尋は驚きと微かな喜びを感じながら見つめていた。

（やっぱり二人が手を取っていけるなら、それが一番いいのかもしれない）

水野の事務所を出て、再び戻ってきた勅使河原の屋敷。

書斎のデスクの上に借用証の正本と副本を置き、一枚ずつ照らし合わせてはシュレッダーにかけていく秀介を、千尋は応接ソファに座ってぼんやり眺めていた。

やはり自分は去るべきなのだと、そう思いながら。

（だって僕は、二人とも好きだから。二人が争うなんて、もう嫌なんだ）

ここに戻る車の中で、病院で二人が話し合ったことを少し聞いた。

亮介に秀介の裏情報を流していたのは、実のところ栗田だったらしい。

栗田は議員秘書として、代議士勅使河原秀介に父議員よりもずっと大きな資質を見出《みいだ》し、彼を支えるためには亮介の協力が不可欠だと考え、少し前から亮介に接触していたということだった。

水野の事務所に行ったことについて、亮介はあくまで千尋を助けるためだったという態度を崩しはしなかったが、結局は秀介が佐藤と袂《たもと》を分かつのをサポートしてくれたわけで、本当のところは秀介を認めているということだろう。

ベテラン議員秘書の栗田の支えがある秀介と、表にも裏にも通じる人脈のある亮介となら、きっと協力し合い、助け合って政治活動を続けていけるはずだ。

自分はその妨げにならないよう、黙って二人の前から姿を消そう。そして遠くから見守っていくのだ。勅使河原家の若い二人が、これからの政治を変えていくところを――――。

「……なんだよ、まだ終わってねえのかよ？」

亮介が書斎に顔を出し、呆れたように言う。

「ったく、どんだけあるんだその借用証！」

「もうすぐ終わる。親父の時代の不正会計の記録まで、すべてな」

「そりゃよかった。ついでにサロンにある肖像画も処分しちまえよ。ああいうのホント反吐《へど》が出るからよ」

そう言って亮介が、千尋の隣に腰かける。書斎をぐるりと見回して、懐かしそうに言う。

「にしても、変わらねえよなあ、この家は。重苦しい空気も匂いも、昔のままだ。いるだけでガキの頃の嫌な気分を思い出しちまう」

「亮介は、出ていってからこの屋敷には一度も？」

「二度と帰らねえつもりだったからな。けどご当主様の招待じゃ断れねえだろ？　千尋も一緒なら、なおさらだ」

亮介が言って、秀介に見せつけるように千尋の肩に腕を回してくる。秀介がチラリとこちらを見て、鋭く言う。

「……亮介。気安く千尋に触れるな」

「いいだろ？　待ってるだけなのは退屈なんだよ。美味そうなごちそうの前じゃ特にな」

「まるでサカリのついた犬だな」

「あいにく俺は野犬みてえなもんなんでね。待てができるようには育ってねえ」

「ちょっ、亮介、駄目だよ……！」

いきなり亮介がキスをするように迫ってきたから、慌てて両手で体を押しのける。

本気ではなかったのか、亮介はそれ以上無理強いしてはこなかったが、秀介が深くため息をつき、観念したように言った。

「……わかった。では先に話をしよう。さっさとはっきりさせてしまいたいのは、私も同じだからな」

（はっきりさせてしまいたいって、なんのこと？）

借用証を取り返したあと、秀介が千尋だけでなく亮介も屋敷へ誘ったのに、千尋は軽い違和感を覚えていた。もしや、こうして三人で話すためにそうしたのだろうか。

何を話す気なのだろうと、微かな不安を覚えながら顔を見つめると、秀介がこちらへやってきて千尋の向かいに座った。そして千尋の瞳を見返し、すまなそうな顔をして言った。

「千尋。秘書であるおまえに真実を告げずにいたことで、結果としておまえを危険な目に遭わせることになってしまった。本当に、申し訳なかった」

「秀介さん……」

「佐藤先生と決別することは、だいぶ前から決めていたことだった。おまえにはすべて清算してから話そうと思っていたのだが、その前に裏金の存在を知られ、亮介との密通の事実も聞かされて、私は疑心暗鬼と嫉妬とで冷静さを失ってしまった。おまえを閉じ込めて、焦れた想いばかりをぶつけて……。私はおまえを、大いに失望させただろうな？」

「そんな、失望だなんて……」

「今朝、亮介と去っていくおまえの背中を見て、私はようやく我に返った。気づけば無我夢中で金をケースに入れ、水野さんに電話をして……。せめて政治家としての筋だけは通しておかなければと、強く思ったからだ。たとえもう、おまえの気持ちを繋ぎ留めることができなくてもな」

「気持ちをって、そんな……！　僕は何があったって、秀介さんのことを……！」

秀介の言葉になんだか慌ててしまい、そう言ってなだめようとすると、亮介が横合いから遮るように言った。

「なあ千尋。もういい加減、そうやってなんでも無条件に受け入れるのはやめろよ」

「え」

「でなきゃ俺たちは、ずっとあんたに甘えちまう。あんたが引導渡してくれねえ限りな」

「亮、介？」

亮介にそんなふうに言われるとは思わなかった。引導を渡すとはどういう意味だろう。

戸惑う千尋に、亮介が自嘲するような笑みを見せる。

「俺らはずっと、飢えたガキみてえにあんたを欲しがるばっかりで、あんたの気持ちを顧みなかった。どんなにメチャクチャやってもあんたなら最後には許してくれるだろうって、どっかで甘えてたんだよ。いい年して、しょうもねえよな」

そう言って亮介が、探るようにこちらを見つめてくる。

「けど、もうこのままじゃ駄目だって、あんたも本当は気づいてる。だからあんたは、このまま黙って俺たちの前から消えようと思ってる。そうなんだろ？」

「……っ、どうして、それをっ……？」

そこに至る理由は少し違ったが、去ろうとしていることに気づかれているとは思わなかった。驚いて亮介を凝視すると、秀介も笑みを浮かべて言った。

「おまえが私たちを置いて病室を出たとき、亮介も私も、これはおかしいと感じた。おまえが私たちを二人で残して去るなど、今まで一度としてなかったことだからな」

「気になったんで俺が屋敷まで追いかけて、そこで電話のメモに水野の事務所の住所が書いてあるのを見つけた。あんたを助けに行けたのは、だからだ。けど、あのとき水野から連絡もらってなきゃ、あんたあのまま消える気だったんじゃねえのか?」

亮介の言葉に思い当たるところがあったから、言葉を失って二人を見つめる。

秀介が穏やかな声で言う。

「おまえが考えそうなことは、私たちにはわかる。忌々しいことだが、私たちは共におまえを心から愛しているのだ。幼い頃からずっとな」

「……は、愛してるなんて言葉じゃ生ぬるいぜ、兄貴。俺らはもう惚れ狂っちまってるじゃねえか。千尋を独り占めできるなら、お互い殺し合ってもいいって思ってるんだからな」

「秀介さん……、亮介……」

二人の言葉に、心臓が激しく鼓動する。二人が共に千尋と向き合い、そうやって想いを告げてくるなんて、まさか思いもしなかった。千尋を真っ直ぐに見つめて、秀介が続ける。

「だが、それは私たちの問題だ。おまえにはおまえだけの想いがあるはず。私たちはそれが知りたいのだよ。おまえの本当の気持ちをな」

「僕の、気持ち？」

「俺たちの前から消える気なら、ちゃんと落とし前つけてからにしろってことだよ。気を持たせたままいなくなるのは許さねえ。そういうことだ」

「――――――」

秀介の焦れたような言葉に、ドキリとする。

二人が争うくらいなら、ただ黙って去るほうがいい。そう思っていたけれど、それはもはや卑怯《ひきょう》な行為なのだ。二人の心をここまで捉《とら》えてしまった、今となっては。

ありありとそう思い知らされて、自分の罪深さを自覚する。二人とも好きだなんて、なんという浅ましさだろう。

でも、二人は想いを伝えてくれたのだ。ならば自分も伝えなければ。それがどんなに欲深い想いであっても。千尋はそう思い、口唇を開いた。

「僕は……、僕は強欲で、浅ましい人間です」

震える声でそう言うと、目の前の秀介が驚いたような顔をした。亮介も怪訝そうな目をしてこちらを見つめてくる。千尋はぐっと手を握って言葉を続けた。

「僕はずっと、二人の間でフラフラして、二人を哀しませたり苛立たせたりするばかりで……、二人の気持ちの深さも、本当は全然、わかっていなかったのかもしれません」

そう言葉にしたら、自分の狡《ずる》さが胸に刺さって目の奥がツンと痛くなった。泣きそうになるのを必死でこらえながら、なんとか言葉を繋ぐ。

「でも、落とし前をつけろと言われても、僕にはできない。だって僕には、二人のどちらかを選ぶことなんてできないからです。僕には二人とも、大事だから……」

そう言って二人の顔を見たら、もう泣くのを我慢することができなかった。涙をこぼしながら、千尋は言った。

「だから僕は、いなくなるしかないんです。二人を傷つけるのも二人が争うのも、もう嫌だからっ」

「千尋……」

「愛して、いるんです。秀介さんのことも、亮介のことも。僕は二人とも、愛しているんです……！」

千尋の告白に、何か言いかけた秀介が息をのむ。亮介もなんとも言いようがなかったのだろう、黙って千尋の横顔を見つめるばかりだ。いたたまれなさに、胸が苦しくなってくる。

(言葉もない、よね。こんなこと言われたら)

勝手に二人の間に入り込み、二人から真剣に愛されるに至ったというのに、こちらは二人のどちらも愛していて、どちらにも応《こた》えることができない。

そんなのは、本気を疑われても仕方がない。

まして二人は誰よりも互いを意識し合う関係だ。こんな半端な答えを返されて、納得などできるはずがないだろう。でも千尋はこうするしかない。それが二人のためだから――――。

ひどく長く感じた沈黙のあと、秀介が静かに訊いてきた。

「千尋。それがおまえの本心か？」

「……はい」

「私たちを共に愛していながら、去ると？」

「はい。だってそうしなければ、二人は……！」

言葉を返そうとしたけれど、涙で喉が詰まる。

すると亮介が、呆れたように笑った。

「……ははっ。あんたってホント、とことん健気だよなあ！　まあ俺はそこに惚れたんだし、ある意味最高の返事をもらったわけだけどよ？」

亮介が言って、意味ありげな声音で続ける。

「でもやっぱり、本音は体に訊かなきゃわからないみてえだな。そう思わねえか、秀介？」

「ああ。どうやらそのようだな」

（体に、訊くって……？）

想いはすべて打ち明けたのに、これ以上何を訊きたいというのだろう。二人の言葉の意味がわからず、順に顔を見つめる。秀介が艶麗な笑みを浮かべて、甘い声音で告げる。

「そんな答えでは許さんぞ、千尋」

「えっ……」

「おまえは己を偽っている。だから私たちと抱き合って、体で答えるのだ。おまえの本当の気持ちをな」


「……やっ、ま、待ってっ……、あっ————！」

二人に二階の寝室へ連れていかれ、ベッドの上に体を投げ出される。

おろおろと顔を上げると、秀介と亮介がミシリとベッドの上に乗ってきた。まさか本当に、二人で千尋を抱くつもりなのだろうか。

「お願い、待ってっ。僕はもう、あなたたちとは……、や、いやっ」

必死で抗うけれど、二人は気にも留めぬ様子で千尋の衣服を剝《は》ぎ取っていく。あっという間に全裸にされ、羞恥に肌を粟立たせた千尋を眺めて、亮介がうっとりと言う。

「ああ、ヤベえな。このベルトの痕、たまらなくそそるぜ。今朝はなんとか我慢したけど、正直抑えが利かなくなりそうだ！」

「亮、介……」

「おまえが残した噛み傷もたいがいだったぞ。同じものをつけたい衝動を抑えるのに難儀した。本音を言えば、今からでもそうしたいくらいだ」

「……っ、秀介さんまで、そんな……！」

二人の言葉に滲む劣情の熱に、声が震える。

千尋への欲情をむき出しにした二人は、まるで獰猛な獣のような目つきをしている。二人に奪われるように抱かれたら、身も心も壊されてしまいそうだ。

自分なりの本心を告げたのに、まさかこんなことになるとは思わなかった。もしや千尋が半端なことを言ったから、二人を怒らせてしまったのだろうか。

思わず涙目になって怯えながら二人を見返すと、秀介がシャツを脱ぎながら優しく言った。

「ふふ、怖がることはないぞ、千尋。私たちはおまえを愛してやりたいだけだ」

「愛、して？」

「さっき病院で、二人で決めたんだよ。お互いに腹ん中でどう思い合っていようと、あんたを抱くときはあんたを気持ちよくしてやることだけを考えようってな。だから二人でとことん蕩けさせてやる。あんたが本心を話してくれるまでな」

「本心をって、僕はっ……、んん、ん……！」

秀介に続いて上半身裸になった亮介に、後頭部を手で押さえられて引き寄せられ、口唇に口づけられる。激しく口腔をまさぐられる予感に、一瞬おののいたけれど。

「……ん、ぅん……、ぁ、ふ……」

亮介のキスは、思いのほか優しかった。

口唇を緩く食まれ、舌と舌とを柔らかく絡められて、意識がゆらゆらと揺らぐ。吐息を洩らしながら上顎を愛撫するようになぞられたら、背筋がトロリと溶けるような感覚を覚えた。ただひたすらに千尋への愛情を感じるばかりの、まるで恋人のようなキス。亮介のこんなキスは初めてだ。

微かな戸惑いを覚えていると、秀介も千尋の手を取って、指先にチュッ、チュッ、と口唇を押し当ててきた。こちらも、とても穏やかな接触だ。

(……怒ってるわけじゃ、ない……?)

千尋に触れる二人からは、攻撃的な感情などは伝わってこなかった。その意図はわからないものの、二人の口唇は温かく優しい。二人の言葉の通り、本当にただ千尋をよくしたいとだけ思ってくれているのだろうか。

暴力的な行為への恐れが消え、微かに体の緊張が解けると、亮介がキスをしたまま千尋の体をシーツに横たえ、右側に寝そべるように横たわった。

秀介は左側に身を寄せて、チュッと左乳首に口づけてくる。

そのままチュクチュクと吸われ、舌先で転がすように舐られて、ビクビクと腰が揺れた。

亮介が口唇を離して、甘い声で言う。

「……おい、やけに敏感じゃねえかよ、千尋の乳首。何かやったのか?」

「器具で少し刺激してやっただけだが、千尋は元々ここが感じる。知らなかったのか?」

秀介の軽い挑発の言葉に、亮介が片眉を吊り上げる。

するど秀介が、艶っぽい笑みを見せて続けた。

「では試してみろ。そろそろここだけで達することができるようになっているはずだ」

（乳首、だけでっ……？）

ラバーベルトをされていたとき、確かにそんな気配があったが、実際に達したことはなかった。亮介がニヤリと笑って言う。

「そりゃいいが、せっかくだ。二人でしてやろうぜ。千尋を、ここだけで達ける体によ」

「りょ、すけ……、ぁあ、あん、はあっ……」

亮介が体の位置をずらし、右の乳首を舐り始めたから、意図せず腰がいやらしく跳ねた。

秀介が楽しげに目を細め、潜めた声で告げる。

「感じるか、千尋？　おまえはそれでいい。私たちに愛されて、快感に溺《おぼ》れていればな」

「……あぁ、ん、秀介、さんっ、はぁ、あ」

秀介にも左の乳首に吸いつかれ、強い刺激に上体が仰け反る。

二人がかりで感じる場所を攻められるなんて、もちろん初めての経験だ。甘い喜悦に、千尋は手もなく昂ぶらされていく。乳首を吸われているだけなのに欲望が知らず勃ち上がり、切っ先には呆気なく透明な愛液が上がってきた。

二人に開かれ、淫らに啼かされてきた体は、もう触れられる悦びに従順になってしまっているようだ。

「はぁ、ん、駄、目っ、お、願いっ、やめ、て……！」

体を繋いで愛し合い、心まで結ばれた恋人同士だった秀介と、奪われるように犯され、蹂躙されながらも、心の底でずっと思慕し続けていた、亮介――。

二人が争い、傷つけ合うのなどもう見たくないから、自分は二人の前から去ろう。そう心に決めたはずなのに、体は二人の愛撫に素直に反応する。抗い、はねつけなければと思うのに、愉悦が千尋の決意を溶かし、心まで侵食してくるようだ。

両の乳首を吸い上げられ、舐られて転がされ続けているうち、思考も掻き消されて欲望だけが募ってくる。内腔の中の快楽の泉が疼き出して、腰にピリピリと痺れが走り始めた。

逃れようもなくせり上がる、放埓の予兆。

だが胸だけで達したことなどなかったから、頂への道筋がわからずうろたえるばかりだ。腹の底がざわめくような得体の知れない感覚に、涙声になってしまう。

「はうぅっ、んんっ、や、お腹《なか》が、熱く、なってっ……！」

どうしていいのかわからず、喘ぎながらうねうねと身をくねらせると、二人が激しく乳首を舐り上げてきた。その刺激に追い立てられるようにビクッと腰が跳ねた瞬間。

千尋の体芯を、強い快感が駆け抜けた。

「ぁあ、ああぁっ……！」

欲望にも後ろにも触れられず、乳首だけでもたらされたオーガズム。

内から突き上げるような愉楽の波はピークが長く、下肢の先まで痙攣したように震える。自身の先端からは白蜜が勢いよく溢れ出し、腹にたっぷりと跳ね飛んだ。

秀介が顔を上げ、濡れた口唇に笑みを浮かべて嬉しそうに言う。

「胸だけで達けたな、千尋。とても可愛いよ」

「しゅ、すけ、さん」

「愛しているよ、千尋。おまえだけをな」

そう言って秀介が、身を乗り出してキスしてくる。

いつでも千尋を骨抜きにしてきた、秀介の甘い口づけ。

舌で歯列をなぞられ、舌下をぬるりとまさぐられただけで、グズグズに溶けた意識をさらに掻き乱される。たまらず秀介の首に腕を回すと、秀介がキスを深め、舌を搦め捕るように吸い上げてきた。

「あふ、ぅむ、ん、ん……！」

脳髄まで溶かされてしまいそうなほどの、濃密なキス。

合わさった口唇から流れ込んでくる秀介の熱情に、理性の糸が擦《す》り切れる。

秀介にしがみつき、夢中で舌に吸いついてキスに応じ始めると、亮介が体を起こし、千尋を見下ろして言った。

「なあ、千尋のザーメンて、いつもなんだかさらっとして綺麗だよなあ？　舐めてみたことなかったけど、ちょっと味わっても、いいか？」

「……っ、んっ、んふ、ぅっ……！」

腹に飛び散った千尋の白濁を、亮介が舌でてろてろと舐め取り始めて、喉奥で声が洩れた。

そんなもの、青く苦い味がするばかりだろうに、亮介はまるでミルクでも味わうようにぴちゃぴちゃと水音を立てて舐めていく。くすぐったさと恥ずかしさとで、こめかみがかあっと熱くなったけれど、肌を舐められるのは思いのほか心地よく、ざらりとした舌の感触がたまらなかった。知らず体の力が抜け、肢が開いてしまう。

すると亮介が、蜜液のかかっていない内腿や膝の裏、ふくらはぎの辺りまで、しゃぶりつくように舐めてきた。

（……い、い、凄く、いいっ……）

亮介に触れられるのは、想いを自覚した今では秀介と同じように気持ちがいい。どこもかしこも信じられないくらい感じて、ビクビクと身を震わせてしまう。

秀介がキスを解いて、探るように訊いてくる。

「千尋、体を舐められるのが、いいのか？」

「ん、ん、ぃい、です」

「そうか。私にも、それをして欲しいか？」

「……は、ぃっ、して、欲しいですっ」

今まで、秀介にそんな行為をねだったことはなかったのに、快感に酔って思わずそう口走ると、秀介がクスリと笑って言った。

「いいぞ、千尋。おまえの望むようにしてやる。もっと感じて、乱れてしまえ」

「っあ、ああ、ぃい、あぁ、あ……！」

秀介が体を動かして、千尋の首筋をつうっと舌でなぞり、耳やうなじ、腋《わき》の下や肩甲骨《けんこうこつ》のくぼみにまで、順に舌を這わせ始める。

同時に亮介にもかかとや足の裏を舐められて、全身がゾクゾクと震えた。

体を舐められて感じてしまうなんて、なんだか動物みたいな気分だが、舐めているほうもいくらか本能的な興奮を覚えるのか、舌を使う二人の息も徐々に乱れていく。

秀介に背筋を舐められ、亮介に足の指を口に含まれて一本ずつ舐り回されると、精を放ったばかりの欲望がまた頭をもたげ、鈴口からたらたらと透明液が垂れ始めた。

亮介がそれを眺めて、からかうように言う。

「そんなに感じるのかよ。まるで全身が性感帯だな？」

「うう、そ、な、ことっ」

「おまえは元々感じやすいたちだったが、ますます敏感になったようだ。素敵だよ、千尋」

秀介も言って、クスクスと笑う。

「私たちなら、おまえを存分に感じさせてやれるのに。こんなにも甘い体を、これから独りでどう慰めていくつもりなのだ？」

（これ、から……？）

そんなこと、考えてみたこともなかった。確かにこんなにも千尋を愛し、感じさせてくれる相手なんて、この二人以外いないかもしれない。

でも――――。

（本当にずっと三人でいられるかなんて、わからないじゃないか）

二人が争う姿をもう見たくないというのが、千尋が一番強く感じていることだった。

だが本当に怖いのは、また三人の関係が失われてしまうかもしれないことなのではないか。

ふとそう気づいて、ドキリとする。

二人を愛し、二人から愛される関係を築けたとしても、十年前、亮介が突然出ていってしまったあのときのように、それが突如終わりを迎えるようなことになったら。

今朝のような事故がまた起きて、二人のどちらかがいなくなってしまったら。

千尋が心の底から恐れているのは、もしかしたらそんな事態なのではないか――――？

「ふ、うっ……、あぁ、あぁぁ……！」

秀介の言葉に、一瞬己が心を見つめたものの、秀介にわき腹や腰、臍《へそ》までも舐められ、欲望の先端をてろてろと舐め回されて、また快感の淵《ふち》にのまれる。

濡れそぼった千尋の幹に手を添えて、秀介が欲情に揺れる声で告げる。

「千尋、私もおまえの蜜を味わいたいよ。今度は私の口の中に出してくれないか」

「っ、あ、あんっ、駄目っ、しゅ、すけ、さ……！」

秀介が千尋の局部に顔を埋めて千尋自身を口に含み、きつく吸いながら頭を動かしてきたから、裏返った声で喘いだ。

秀介が口腔への射精を求めてくるなんて初めてだ。それだけで欲情が昂ぶって、下腹部がキュウキュウと収縮してしまう。

無意識に腰を揺らし、浅ましく秀介の口淫に応えると、亮介が千尋の体を横向き加減にして片肢を持ち上げ、狭間を大きく開かせてきた。そうして千尋の背後に逆さ向きに寄り添うように寝そべり、むき出しの窄まりに顔を近づけて言う。

「兄貴がそっちなら、俺はこっちをいただくぜ？　千尋のここ舐めるの、好きなんだよ」

「ぁ、あんっ、やあ、あぁっ」

秀介に前をしゃぶられながら、亮介にも後孔を舐められて、上体がビンビンと跳ねた。

二人に同時に胸を舐められたのも強烈だったが、さらに敏感な場所に貪るように食いつかれ、一方的に悦楽を与えられる。抵抗しようにもできるはずもなく、またふつふつと射精感が湧いてきてしまう。

「や、駄目っ、ま、た、来るっ。気持ちいいのが、来ちゃうぅ……っ」

片肢を上げた淫猥な格好で感じまくる自分が恥ずかしくなり、身を捩って逃れようとしたが、秀介に欲望の根元を押さえられ、激しく吸引され始めたからできなくなる。

亮介も千尋の尻たぶをつかむようにして角度を固定し、窄まりを舌先で穿《うが》って孔を開いて、ねろねろと中まで舐め回してきた。

千尋の腹の底で、再び熱が爆《は》ぜる。

「はああっ、ぃ、くっ、達、くぅっ――――」

クラクラするほど鮮烈な二度目の絶頂。欲望が大きく弾んで、秀介の口腔にドクドクと白蜜が吐き出される。窄まりもいやらしく収縮して、亮介の舌に吸いつくように震え動いた。

亮介が体を起こし、背後から千尋の顔を覗き込みながら嬉しそうに言う。

「あんたの後ろ、気持ちよさそうにヒクヒク動いてるぜ？　中も凄え熱くなってる。ほら、わかるか？」

「りょ、すけっ、ああ、ぁんっ」

後ろに指を挿れられ、クニュクニュと動かされて、達したばかりの体がうねる。

続けてもう一本挿入され、ゆっくりと出し入れされると、内襞が恥ずかしく蠢動した。

二度も射精はしたが、千尋の体が求めているのはそれだけではない。早くそこに二人の雄を繋いで、中を掻き回して欲しくてたまらない。

否応《いやおう》なく己が欲望に気づかされ、体がわななくように震える。

体がメラメラと発火しそうなほどの激しい渇望を感じていると、秀介が千尋の局部からゆっくりと顔を上げた。

千尋の放った蜜液を舌で転がすように味わい、コクっと飲み下して、うっとりと微笑む。

「……とても素晴らしい味わいだったよ、千尋。おまえらしい、青く上品な味だった」

そう言って、秀介も千尋の狭間に手を滑らせ、長い指を亮介の指に添わせるようにしながらぬるりと滑り込ませてくる。

「ぁ、あっ、んん、ふぅっ……」

亮介の指の動きに合わせるように秀介にも指を抽挿され、感じるくぼみを指の腹でやわやわと擦られて、恥ずかしい声が洩れる。秀介が哀しげな声で言う。

「おまえの蜜の味もここも、味わえなくなるのは辛いな。おまえはそう思わないのか？」

「しゅ、すけ、さ」

「私を愛してくれているのに、なぜおまえは去ろうとする？　私の心は、永遠におまえのものなのだぞ？」

「俺だってそうだぜ、千尋。俺はあんたしかいらねえ。なのにあんたは行っちまうのかよ？こんなにもあんたに焦がれてる、哀れな俺を残して？」

甘く絡みつくような二人の言葉に、めまいを覚える。

自分だってそんなのは嫌だと、強くそう感じて、目の奥がツンと痛くなる。

（……去りたくなんか、ないっ……、ずっと三人で、いたいよっ……！）

二人が欲しくてたまらない。その心も、体も。

ずっと二人の傍にいて、二人に愛され続けたい。たとえ狡くても、浅ましくても――。

それが、千尋の心からの願いだ。結局は二人と共にある未来しか、千尋は欲しくないのだ。

涙でかすれた声で、千尋は言った。

「僕も、二人が、好きっ……。本当は離れたくなんか、ないですっ……！」

千尋の言葉に、二人が微かに双眸を緩める。千尋は泣きながら、感情のままに告げた。

「でも僕は、また失ってしまうのが怖いんですっ。三人でいる幸せな時間が、終わってしまうのが……！」

千尋は言って、二人を順に見つめた。

「お願いだから、約束してください。三人はずっと一緒だって。二人とも、どこにも行かないってっ……」

ようやく言葉にすることができた、素直な想い。秀介が穏やかな笑みを見せて、言葉を返してくる。

「やっと本心を告げてくれたな。嬉しいよ、千尋」

「ったく、あんたロクに嘘もつけない正直者のくせに、変なところで頑ななんだよな。でも、俺も凄え嬉しいよ」

亮介も言って、クスリと笑う。

「いいぜ、千尋。俺はずっとあんたの傍にいる。まあ兄貴とは、あんまり馴れ合えねえとは思うけどな」

「私も決して離れないと約束するよ、千尋。亮介、それはこちらの台詞《せりふ》だ」

「亮介、秀介さん……！」

二人の言葉が嬉しくて、胸が熱くなる。両手を二人のほうに伸ばすと、横たわる体を前後から包み込まれるように抱き締められた。二人の熱い体温に、心が甘く溶けそうになる。

ずっと求めていた関係を、ようやく取り戻した。これからはずっと三人一緒だ。二人に愛され、二人を愛して生きていくのだ。

そう思うと、この上ない幸福感に包まれる。もうそれだけで、身も心も満たされてしまいそうになる。

（……二人とも、凄く、昂ぶってる……！）

ふと気づけば、肢に当たっている衣服をつけたままの二人の局部は、もうはち切れそうなほどに滾っていた。千尋の気持ちを確かめるためというだけでなく、二人で決めたルールを守り、欲望のまま暴走するのを抑えてくれていたのだろう。

でも、これからは二人とも千尋の恋人だ。二人にも感じて欲しいし、気持ちよくなって欲しい。そしてそれを、千尋も全身で感じたい。

千尋はそう思い、頬を上気させながら言った。

「……二人が、欲しい……。もう、して……？」

欲情を口に出してみたら、千尋の中の愛欲の炎がボッと燃え上がった。後ろに挿し入れられたままの二人の指を無意識にキュッと締めつけると、二人が微かに苦笑した。千尋の額にチュッとキスをして、秀介が言う。

「可愛いな、千尋。自分の気持ちに素直になった途端、そんなふうに求めてくるとは」

「まったくだぜ。俺たちのアレが今どんなことになってるか、わかって言ってんのか？」

亮介も言って、千尋の肩に口づけ、甘い声音で訊いてくる。

「で？　どっちのから欲しい？」

「え」

「俺か、兄貴か。まずはどっちに挿れて欲しいんだよ？」

明け透けにそう訊かれるとは思わず、驚いてしまう。亮介が楽しげに続ける。

「もちろん俺だよなあ？　あんた、俺のが大好きだもんな？」

「何を言っている。最初は私だ。千尋の中を知り尽くしているのは私のほうだからな」

「んだとぉ？」

「それでなくともおまえは、かなり乱暴だと聞いている。おまえはあとだ」

「はあ？　乱暴とか、拘束具だの縄だの使ってた奴がそれ言うかよっ？　俺が先だっつってんだろっ？」

「ちょ、ちょっと、待ってっ。二人とも、落ちついて」

慌てて取りなすように言うけれど、二人は黙って睨み合う。まさかこんなことで張り合うなんて。

（でも二人とも恋人なんだし、避けては通れない問題だよね……）

こういうときはどうしたらいいのだろうと、少々焦って考えていると、秀介が意味ありげな笑みを見せて言った。

「それなら、一緒に繋がってはどうだ」

「一緒に？　……って、兄貴。あんたまさかそれ、やったことあんのかよっ？」

「あるわけがないだろう？　だが、やり方くらいは知っているさ。よもやおまえと試すことになるとは、思いもしなかったがな」

「……？」

二人の言葉の意味がよくわからない。怪訝に思い二人の顔を見ると、亮介が一瞬固まって、それからプッと噴き出した。

「ははっ、確かにそりゃそうだろうな！　俺だって驚きだぜ！」

亮介が言って、低く囁く。

「けど、いいぜ？　千尋にも俺らの気持ち、ちゃんと教えてやれるだろうしな」

「二人とも、何を言って……？　……ぁあ、あっ！」

いきなり秀介が、千尋の中にもう一本指を沈めてきたから、きつくなった窄まりに微かな痛みを覚えた。秀介が気遣うように声をかけてくる。

「力を抜いていろ、千尋。これから二人でおまえを愛してやる」

「二人、で？」

「ああ、そうだぜ。二人同時にあんたに繋がるんだ。興奮するだろ？」

「亮介……。でも同時にって、そんなこと、本当にっ……？」

「できるさ、千尋。おまえは私たちを信じて、楽にしていろ」

千尋の中を優しくまさぐるようにしながら秀介が答え、身を乗り出してベッドサイドテーブルから潤滑ジェルの瓶を取る。それを亮介と自らの手のひらに大量に垂らして、秀介が言葉を続ける。

「三人は、これからずっと一緒だ。これはその誓いの儀式のようなものだよ。私たちと、おまえとの」

「秀介さん……、ああ、はあ、んっ」

秀介の言葉に、何やら心が沸き立つような気持ちになっていると、前後から挿し入れられた二人の計四本の指が、ジェルを絡めながら千尋の中に出入りして、後ろを柔らかく解き始めた。いつもよりも広く柔軟にそこを緩めようとしているのだろうが、二人を同時に受け入れるなんて、本当にできるのだろうかと少々不安になる。

でも三人で繋がることができるなんて、二人をともに愛している千尋にとって、ある意味夢のような行為だ。戦慄と期待が入り混じって、ドキドキと胸が高鳴る。やがて秀介が亮介に合図をして、二人が指をさらにもう一本ずつ増やしてきた。

「はあ、あ、んん、ぅ！」

硬い指で中をぬちゅぬちゅと掻き混ぜられる感触に、汗がじんわりと浮かんでくる。

後ろに六本も指を挿れられたのは初めてだったが、これから二人の愛を受け入れるのだという喜びが千尋の体を甘く潤ませていくようで、さほど苦しい感じはしない。むしろキュウっと後ろを締めつけて指だけで悦を得ようとしてしまいそうだ。

そんな自分の体の反応が、なんだか少し恥ずかしい。

「苦しくないか、千尋？」

「は、いっ、大丈夫、ですっ」

「凄えな。あんたのここ、今までにねえくらい柔らかくなってきたぜ？　中のほうは結構熱くなってる。ほら、わかるだろ？」

「ああっ、やっ、ぐちゃぐちゃしちゃっ、ぃ、やぁ……！」

つけ根まで沈めた指を中でバラバラに動かされて、上体が跳ねる。

二人の手で丁寧に解された後ろは、亮介の言う通り柔軟に開かれているようだ。内壁も甘く熟れて、内奥がジンジンと疼いているのを感じる。ジェルが立てる水音も指の感触もひどく卑猥で、それだけで劣情を掻き立てられてしまう。

早く二人が、欲しい――――。

強い欲望に自身がまたはしたなく頭をもたげてくる。千尋はたまらず濡れた声でねだった。

「お、願いっ、もう、来てっ」

「もう欲しくなったのか、千尋？」

「んんっ、欲しいっ……、二人のが、欲しいっ。早く、挿れてぇっ……」

千尋の涙声に、二人が艶麗に笑う。亮介が確かめるように秀介に訊く。

「どうだ、兄貴。もういけそうなのか、これは？」

「そうだな。そろそろ、いいだろう」

秀介が答え、二人が千尋の中から指を引き抜いた。

物足りなさを覚えたのか、内腔がヒクヒクと震え動く。焦れるような気持ちで待っていると、二人が衣服を脱ぎ捨て、雄々しく形を変えた欲望にジェルをたっぷりと施した。そうして向き合って雄を重ね、千尋の体を起こして二人の間に跨らせる。

向かい合った秀介の首に千尋がしがみついた瞬間、重なった二つの雄が後孔にあてがわれ、肉の襞を巻き込むようにして千尋を貫いてきた。

「っああ、あああっ……！」

信じ難いほどの質量と、熱さ。

経験したことのない衝撃に総毛立った。

ジェルのおかげか痛みこそないものの、充溢感は桁外《けたはず》れだ。脳天まで貫き通されてしまいそうなほどの質量に、ブルブルと体が震える。千尋の背後で、亮介が喘ぐように言う。

「くっ、きついな！　大丈夫なのか、これっ？」

「問題ない。千尋のここは十分に開いていて、私たちを受けとめている。千尋、息を止めず楽にしているんだ」

「う、うっ、はい……！」

知らず息を詰めていたことに気づかされ、なんとか息を吐いて体の力を抜く。

すると後ろが少し楽になり、二人が微かに吐息を洩らした。亮介がゴクリと唾を飲んで、欲情の滲んだ声で言う。

「うわ、これヤベえな！　腰が止まらねえよ。中に引き込まれていくみてえだっ」

「確かに、そうだな。まるで千尋にのまれていくかのようだ」

秀介も言って、いくらか苦しげに眉根を寄せる。

こちらも二人が腰を進めるたび、体がミシミシと軋むような感覚があるが、解かれた後ろは確実に二本の楔をのみ込んでいく。

まるで二人の愛を、体で受けとめていくように。

（本当に、入ってるっ……、二人一緒に、僕の中に……！）

怖いけれど、嬉しい。苦しいけれど、愛おしい――。

様々な想いの奔流《ほんりゅう》に、意識をドロドロと掻き回される。二人の熱が体深くまで沈み込んでくるのをひしひしと感じていると、やがて二人の硬いヘアが狭間にぐっと押し当てられるのを感じた。安堵《あんど》するように息を吐いて、亮介が言う。

「凄え、ホントに入ったぜ、千尋。全部あんたの中だ」

「りょう、すけ」

「ふふ、素晴らしいな。おまえがピタピタと貼りついてくるようだよ、千尋」

秀介も言って、千尋の腰に手を添える。

「動くぞ。私たちを、感じてくれ」

「……ぁ、ああ、ふぅっ、うっ」

二人が肩越しに視線を交わし、腰を使って下からゆっくりと千尋を突き上げ始めたから、途切れ途切れに声が洩れた。

とても穏やかで、優しい抽挿。でもいつもの倍のボリュームがあるから、腹の中を二人に掻き回されているみたいだ。快感を覚えるよりも甘苦しさが先に立って、知らず顔を顰《しか》めてしまう。秀介が気遣わしげな目をして顔を覗き込んでくる。

「苦しいか、千尋？」

「大丈夫、ですっ」

「無理すんなよ？　俺らはあんたを苦しめてえわけじゃねえからな」

亮介が言って、後ろから千尋の体に手を回し、支えるようにそっと抱いてくる。そのまま千尋の肩に顔を埋めて、呻くように言う。

「……けど、これ結構ヤバいぜ。きっつきつで気持ちよすぎて、うっかりすると暴走しちまいそうだっ」

「こらえろ、亮介。千尋に怪我をさせたくはないだろう？」

「それはそうだけどよっ」

千尋の肩越しに言い合う秀介も亮介も、いつになく昂ぶっている様子だ。息も徐々に乱れ、肌は淫蕩の汗で濡れていく。千尋と繋がって、そんなにも悦を覚えているのだろうか。

（なんだか、嬉しい……、凄く、嬉しい……！）

秀介も亮介も、互いに強く意識し合い、殺し合いをしかねないような状況にまで至っていた間柄なのに、こうして千尋と繋がったらどちらも同じように快感に酔い、吐息を震わせる。

二人とも本当に自分を愛してくれているのだと感じて、幸福な気持ちになる。

もっと感じて、乱れて欲しい。この体を貪って、獣のように食らい尽くして欲しい――。

そんなめくるめくような思いに、体が妖しく火照《ほて》っていく。千尋は潤んだ声で言った。

「もう、大丈夫……、そんなに気を遣ってくれなくても、もっと動いて、平気だからっ」

揺れる声に、止めようもなく欲情が滲む。体内の二人を甘く締めつけながら、千尋はさらに告げた。

「もっと、して？　いつもみたいに激しく、僕のことっ……、ぁん、あっ」

千尋の言葉に反応するように、中で二つの雄がグンと嵩を増したから、上ずった声が出た。

秀介がクスクスと笑って言う。

「おまえがそんなふうに煽るとは驚きだな。私も抑えが利かなくなりそうだ」

「ホントだぜ。今のはヤバかった」

亮介も言って、小さく首を振る。

「けど、抑えようにもそろそろ無理だ。悪りい、もう、止まらねえぜっ」

「そうだな。千尋、辛かったら、すぐに言うのだぞ？」

「……ぁあ、あっ、はあぁっ！」

千尋に煽られた二人が、一気に抽挿のピッチを上げ、ズンズンと熱杭を穿ち始める。

硬くて大きな二つの雄が、腹腔内を暴れ回るように出入りすると、熟れた千尋の内壁は柔らかく解け、肉棒にピタピタと吸いついて咥え込んでいく。

それを振り払うように雄が抜け、また奥まで嵌め戻されるたび、体芯を痺れるような快感が駆け抜け、千尋の上体がビンと跳ねた。

たまらないほどの悦びに千尋の欲望も天をつき、わずかに濁った透明液をトロトロと滴ら

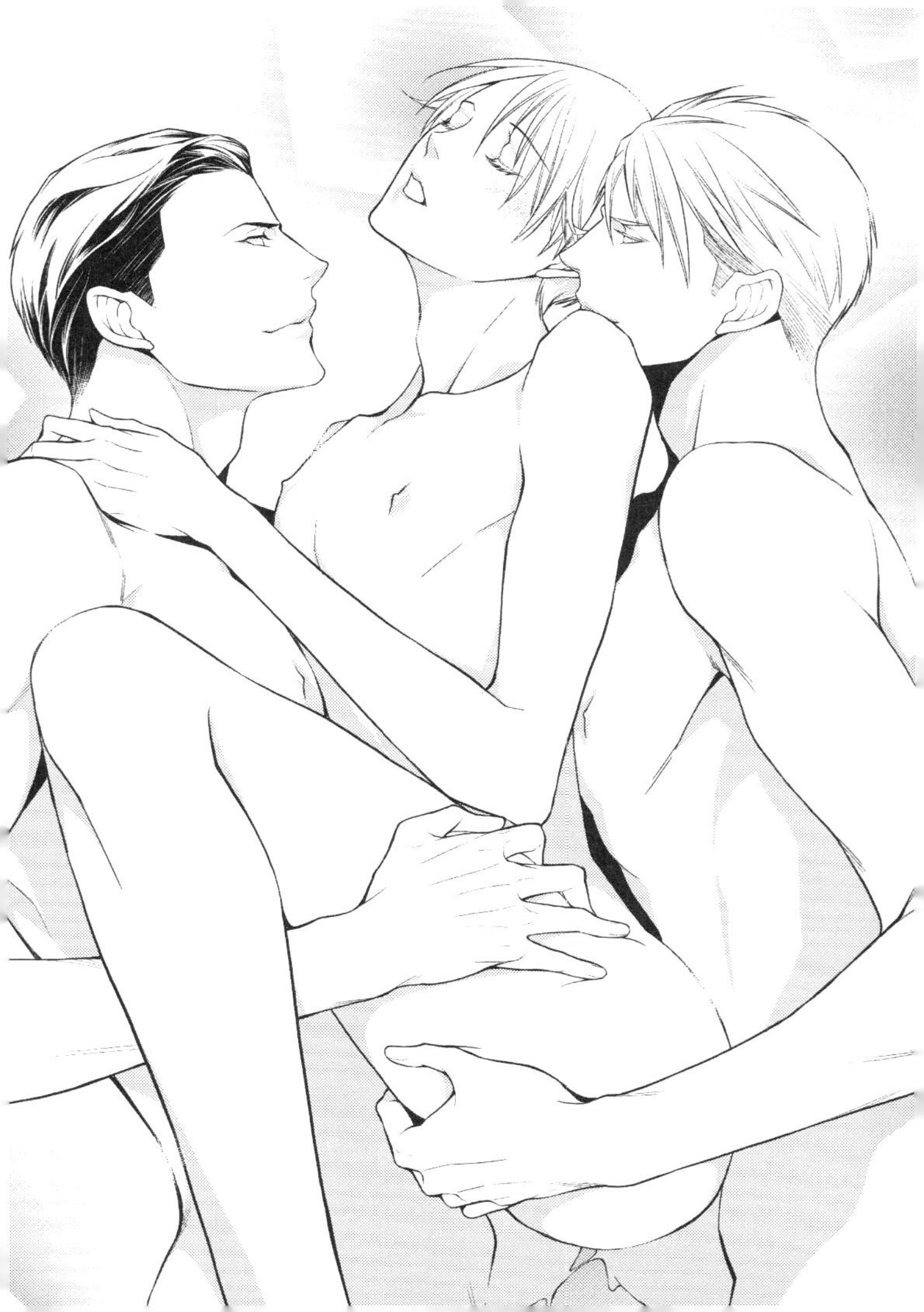

せ始める。情交の愉悦に溺れ、恍惚《こうこつ》となっていく。

「はああっ、あぁあっ、す、ごっ、凄いっ、ぃいいっ！」

回らぬ舌で叫んで、二人の動きに合わせるように腰を揺らす。

すると二人が唸るような声を洩らし、千尋の体を支える腕に力を込めてきた。千尋の動きに、二人も感じてくれているのだろうか。

「りょ、すけ、気持ち、いぃっ？」

「ああっ、いいよっ、もう出ちまいそうだ！」

「しゅ、すけ、さんはっ？」

「とても素晴らしいよ、千尋。持っていかれてしまいそうだっ」

二人の息は荒く、声音は快感に揺らいでいる。

ちゃんと気持ちよくなってくれているのだと嬉しくなるが、どうやら本当に限界が近いようだ。このまま三人で上り詰めたくて、腰を跳ねさせながら後ろを締めつけて雄を絞ると、二人があっと声を洩らして、千尋の中を抉るスピードをさらに上げてきた。

「んぁあっ、あぁっ、いいっ、ああ、あああっ」

二人の動きにはもう手加減などはなく、最奥まで容赦なく欲望を突き立てられる。内腔をぐちゃぐちゃと掻き回されるたび、ぬるくなったジェルがトプトプと音を立てて溢れ、重なった三人の下腹部をいやらしく濡らした。

千尋の中も蕩け切って滑りがよくなったのか、揃っていた二人の動きが徐々にずれて、バラバラに千尋を貫き始める。

「ひぐぅ、あぁっ、ぃああ、あぁあぁっ！」

ズブズブと交互に肉茎を突き入れられ、内壁を余すところなく擦り立てられて、もはや正気を保てないほどに感じさせられる。

快楽に溺れ切ってはしたなく両肢を秀介の腰に絡め、上体を亮介の胸に預けて激しく腰を振り立てたら、千尋の腹の底が放埒の予感にキュウキュウと収縮し始めた。

啼くような声で、千尋は終わりを訴えた。

「ひぅ、ぃ、くっ、も、達くっ、達っちゃぅうっ！」

「いいぞ千尋っ、私も、もうっ……」

「俺もだっ、あんたン中に、出す、ぜっ……？」

「ん、うっ、来てっ、一緒に、来てっ——」

叫んだ瞬間、千尋の腹の底で欲望が爆ぜ、千尋は全身を痙攣させながら頂を極めた。

自身の先端からドッと白蜜が吐き出され、秀介の腹の上に滴り落ちる。

後ろにきつく締めつけられた二人が、千尋の最奥を貫いて動きを止める。

「く、ぅ、千、尋……！」

「あぁっ、く、出、るっ」

秀介と亮介が喘ぐような声を洩らして、獣のように身を震わせる。

千尋の内腔が、二人の白濁の奔流で満たされる。

「あ、あっ、熱、いっ、二人の熱いの、感じるっ……」

体内に感じる恋人たちの放埓の証。

言葉にできないような多幸感に、陶然となる。心と体とが満たされ、無上の悦びに涙が溢れ出した。亮介が肩越しに千尋の頰に口唇を寄せ、その涙を舌で舐め取って、甘く囁く。

「……愛してるぜ、千尋。あんたは、俺たちのものだ」

「亮、介っ」

「ずっとおまえを愛していくよ、千尋。私たち二人でな」

「……嬉しい……、嬉、しい……！」

自分が二人のものであるように、二人もまた、自分のもの。自分だけのもの。

それこそが、千尋が求めていた関係だ。あまりにも幸せすぎて、怖くなってくる。

(僕も、愛していく。ずっと、二人を)

二人の間で、二人だけを――――。

痺れるような陶酔感に、意識を手放しそうになる。

弛緩《しかん》した体を恋人たちの腕に抱きとめられながら、千尋は心からの喜びに酔い痴《し》れていた。

あとがき

こんにちは、または初めまして。真宮藍璃です。このたびは拙作『愛欲連鎖』をお読みいただきありがとうございます。

本作はシャレード文庫さんからの初めての文庫です。攻め兄弟二人と、彼らの間で揺れ動く幼馴染の健気受けの３Ｐものです！

以前から私の作品を読んでくださっている皆様には少々驚かれてしまっているのですが、最近本当に複数ものが好きで、今回のお話も楽しく書かせていただきました。

攻め二人は、とある名家の兄弟で、お互いを強く意識する間柄です。クールで知性的でエレガントな兄と、明け透けで野性的で少し強引な弟は、一見いかにも兄弟らしく張り合っているのですが、その根は案外深いです。

そんな攻めたちの間でひたすら翻弄される受け君。健気な彼があれこれ悩み、ぐるぐるしつつも、次第に心に秘めた自分の本心に気づいていって……、というお話です。

少しでも楽しんでいただけましたら幸いです。

以下、この場を借りましてお礼を。

挿絵を描いていただきました小路龍流先生。お忙しい中お引き受けくださってありがとうございます。

キャラララフをいただいたときには、ノーブルで上品な兄とワイルドで押しの強そうな弟の対比の妙にきゃあきゃあ叫び、こんな素敵な二人に愛されてるのね受け！　羨ましいぞ受け！　と悶絶しまくってしまいました。もはや存在そのものがエロティックなビジュアルの受け君共々、眺めてはうっとりしております。本当にありがとうございました！

担当のS様。お仕事をいただきありがとうございました。複数もの、本当に楽しいです。今後ともどうぞよろしくお願いいたします。

最後に今一度、この本を手に取ってくださった読者の皆様に御礼申し上げます。またどこかでお会いできますように！

二〇一五年晩夏　真宮藍璃

真宮藍璃先生、小路龍流先生へのお便り、
本作品に関するご意見、ご感想などは
〒101-8405
東京都千代田区三崎町2-18-11
二見書房　シャレード文庫
「愛欲連鎖」係まで。

本作品は書き下ろしです

CHARADE BUNKO

愛《あい》欲《よく》連《れん》鎖《さ》

【著者】真宮藍璃《まみやあいり》

【発行所】株式会社二見書房
東京都千代田区三崎町2-18-11
電話　03(3515)2311[営業]
　　　03(3515)2314[編集]
振替　00170-4-2639
【印刷】株式会社堀内印刷所
【製本】ナショナル製本協同組合

落丁・乱丁本はお取り替えいたします。
定価は、カバーに表示してあります。

ISBN978-4-576-15144-1

http://charade.futami.co.jp/